E-Z DICKENS SUPERHELD BOEK VIER:
OP IJS

Cathy McGough

Stratford Living Publishing

Inhoudsopgave

Inwijding

Voor alledaagse superhelden.

Epigraaf

"Je kunt de persoon die nooit opgeeft gewoon niet verslaan."
Babe Ruth

PROLOGUE

D E VOLGENDE DAG WAS een schooldag, maar met het einde van de wereld voor de deur waren noch E-Z noch Lia van plan om te gaan.

"Ik heb een heel slecht gevoel," zei Lia.

Het was ontbijttijd en zij en E-Z waren alleen. Sam en Samantha sliepen nog en de tweeling Jack en Jill ook.

"Wat voor slecht gevoel?" vroeg hij, terwijl hij meer cornflakes in zijn mond lepelde.

"Weet je nog gisteravond, toen ik dacht dat ik iets hoorde?"

"Ja, maar je zei dat het vals alarm was. Dat de geluiden weggingen en alles weer normaal werd."

"Wel en niet. Het is moeilijk uit te leggen. Ik hoorde Rosalie me roepen, toen stopte ze. Ze probeerde het niet nog een keer, dus ik dacht dat alles in orde was. Maar nu maak ik me zorgen omdat ik haar probeerde te bereiken maar het niet lukte. Ze heeft op geen enkele sms gereageerd. Ik denk dat we moeten gaan kijken hoe het met haar gaat. Voor het geval dat. Het zal me geruststellen als ik het weet. Anders krijg ik vandaag niets gedaan."

"Misschien slaapt ze uit? Of de batterij van haar telefoon is leeg." Hij dronk zijn glas jus d'orange leeg en stapte van tafel. Hij zette de vaat in de vaatwasser.

"Misschien. Maar ik wil haar toch graag zien."

"Laten we haar gaan bezoeken, om je gerust te stellen," zei hij terwijl hij een taxi belde. "Ik hoop dat ze ons binnenlaten. We zijn tenslotte geen familie."

Ze liepen door de stad en vroegen bij de receptie naar Rosalie. De vrouw vroeg: "Zijn jullie familie?" Beiden zeiden van niet. "Gaat u zitten, alstublieft," zei ze.

"Zie je wel," fluisterde Lia. "Ze zag er terughoudend uit. Alsof ze iets verbergt."

"Ja, dat zag ik ook. Maar misschien verbeelden we het ons omdat we ons zorgen maken om Rosalie. Het enige wat we kunnen doen is wachten en proberen bezig te blijven. We zijn hier en we geven geen krimp tot we zien dat ze in orde is."

Dertig minuten later wachtten ze nog steeds en ze werden steeds onrustiger naarmate de tijd verstreek.

Lia stond op. "Ik kan niet meer wachten."

E-Z zei: "Whoa! Wacht even." Ze ging weer zitten. "Laten we het nog een halfuurtje geven voordat we helemaal los gaan."

"Wat betekent postal gaan?" vroeg Lia.

"Oh, ik vergeet steeds dat je niet van hier bent. Het betekent dat je met al je wapens op iets afkomt.

Als laatste redmiddel. Het is bij wijze van spreken natuurlijk. Hoewel sommige postbodes het letterlijk hebben genomen."

"Ik wed dat als we volwassen waren, ze nu al met ons gesproken hadden. Soms haat ik het om een kind te zijn."

"Het heeft zo zijn voordelen," zei E-Z. "Probeer een spelletje te spelen op je telefoon of een boek te lezen. Het zal de tijd doden en ze zullen ons beter helpen als we geduldig zijn."

"Ik wou dat ik mijn koptelefoon had meegenomen. Dan had ik naar de nieuwe nummers van Taylor Swift kunnen luisteren."

"Hier," zei hij. "Je mag de mijne lenen."

Nog eens dertig minuten gingen voorbij en E-Z keerde kalm terug naar de toonbank. Lia bleef achter en luisterde naar muziek. Hij wierp een blik achterom. Ze had haar ogen gesloten. Ze had niet eens gemerkt dat hij weg was.

"Is er al bekend wanneer we Rosalie kunnen zien?" vroeg hij.

"Sorry, er komt iemand naar buiten om je te zien. Ze weet dat u hier zit te wachten." De vrouw klikte op haar toetsenbord. Toen E-Z niet wegtrok deed ze een tweede poging om hem daartoe aan te sporen. "Ik heb persoonlijk met mijn Manager gesproken. Ze komt zo snel mogelijk naar buiten om met u te praten. Ga alsjeblieft met je vriend mee." Ze wuifde met haar hand in de richting van Lia die druk bezig was met haar telefoon.

E-Z keerde met tegenzin terug naar Lia's zijde. Hij keek toe hoe mensen rondliepen. Sommigen waren bewoners, die rollators voortduwden. Een paar zaten in rolstoelen, die door begeleiders werden geduwd, terwijl anderen zelf op hun wieltjes tokkelden. De meeste bewoners glimlachten in zijn richting, een paar zwaaiden. Hij vroeg zich af hoeveel van hen regelmatig bezoek kregen. Hij hoopte dat de meesten dat deden.

Terwijl de deuren open en dicht gingen, bereikte de geur van de lunch zijn neusgaten en rommelde zijn maag. Hij vroeg zich af welke lekkernijen de bewoners vandaag aten. Misschien vis met friet. Misschien een pasteitje a la mode. Hij wenste dat hij een groter ontbijt had genomen toen Lia zijn koptelefoon teruggaf.

"Lukt het om de dingen te versnellen? Ik sterf van de honger!"

"Ik ook en niet echt. Ze zei dat de manager snel bij ons zal zijn, maar ik snap niet waarom Rosalie niet gewoon zelf komt kijken. Wat is het probleem?"

"Ik voel haar aanwezigheid hier niet," zei Lia. "Het is alsof we zijn losgekoppeld. De muziek hielp even om me af te leiden, maar nu denk ik er weer aan en heb ik honger. Geen goede combinatie."

"Ik hoor je," zei E-Z toen een lange vrouw met een badge van de General Manager naar hen toe liep en zichzelf voorstelde.

"Mijn naam is Eleanor Wilkinson en ik ben hier General Manager." Ze schudde hun handen. "Ik begrijp dat jullie bevriend zijn met Rosalie. Hebben jullie haar hier eerder bezocht?"

"Nee, we zijn hier niet geweest," zei Lia. "Maar we zijn vrienden met haar, goede vrienden. En we maken ons zorgen om haar. Ze heeft niet gereageerd op mijn sms'jes, of haar telefoon beantwoord."

Mevrouw Wilkinson zei: "Het spijt me u dit te moeten vertellen, maar Rosalie is vannacht overleden. We wachten op haar nabestaanden. Ze wonen niet in de buurt.

"Het spijt me dat ik je zo lang heb laten wachten. Maar ik moest met hen spreken voordat ik met u sprak. U begrijpt het. We hebben een beleid te volgen."

Lia viel weer neer in de stoel en begon te snikken terwijl E-Z haar hand in de zijne nam en ze een paar seconden stil zaten voordat hij vroeg: "Wat is er met haar gebeurd?"

"Het wordt onderzocht," zei Wilkinson. "Sorry, meer kan ik je niet vertellen. Tenzij u familie bent. Gecondoleerd met uw verlies."

"Ze betekende alles voor me," zei Lia.

"Hoe heb je haar ontmoet?" vroeg Wilkinson. "Ze was een geweldige dame. Geliefd bij iedereen." "We hebben elkaar ontmoet via een vriend," loog Lia.

"Interessant," zei Wilkinson, "gezien jullie leeftijdsverschil."

"Bedoel je omdat ik een kind ben en zij niet? Ik bedoel was niet" vroeg Lia boos. Ze stond op.

"Sorry, ik wilde je niet van streek maken. Natuurlijk zouden veel bewoners hier graag vrienden hebben om mee te kletsen. Vooral kinderen met een interesse zoals jij, aan wie ze hun levende verhalen kunnen vertellen. Zodat ze niet vergeten worden als ze er niet meer zijn."

"We zullen Rosalie altijd herinneren," zei E-Z.

"Kunnen we haar zien, om afscheid te nemen?" vroeg Lia.

"Ik ben bang dat daar geen sprake van kan zijn. We hebben procedures. Maar als u uw gegevens en telefoonnummer bij de balie achterlaat, kunnen we u bellen. Om u te laten weten wanneer het bezoek en de begrafenis zijn."

E-Z liet zijn telefoonnummer achter bij de receptie. Ze wilden net in een taxi stappen toen hij zich het boek herinnerde.

"Wacht hier," zei hij. "Ik ben zo terug."

Hij liep naar de balie.

"Het spijt me, maar we kunnen de dood van onze vriendin Rosalie niet accepteren. Niet tenzij tenminste één van ons haar ziet. Mevrouw Wilkinson zei dat we niet naar binnen mochten, maar mag ik even binnenkomen? Ik zou niet lang blijven. Dus ik kan mijn vriend vertellen dat ik Rosalie heb gezien en ik kan bevestigen dat ze niet langer bij ons is? Ze heeft zoveel meegemaakt, met het verlies van haar ogen en zo. Het zou haar geruststellen om het zeker te weten door iemand die ze kent en vertrouwt."

"Ach, arm klein ding. Ik begrijp het. Kom maar mee," zei de vrouw. Toen ze aan de andere kant van het bureau was, vroeg ze een collega om haar te vervangen. "Ik ben zo terug," zei ze.

E-Z volgde haar tot dieper in het hart van het bejaardentehuis. Het was er licht, niet deprimerend zoals hij had gehoord dat dit soort tehuizen konden zijn, maar wel erg stil. Waarschijnlijk omdat iedereen aan het lunchen was in de cafetaria. Zijn maag rommelde weer.

"Iedereen is in de eetzaal," zei de vrouw alsof ze wist wat hij dacht. "Het is fish and chips dag met rode jello en slagroom topping voor na de maaltijd. Een immens populaire maaltijd waar iedereen aan mee wil doen. Op elke andere dag zou het onmogelijk zijn om je binnen te laten omdat er dan te veel mensen rondlopen."

"Het ruikt zeker lekker," zei E-Z. "En bedankt voor je hulp, ik, wij, stellen het echt op prijs."

Ze stopte en trok de deur open.

"Dit is Rosalies kamer. Ik wacht hier. Je hebt twee minuten of minder als iemand me ziet."

"Nogmaals bedankt," zei E-Z toen de deur achter hem dichtviel. Het rook er vreemd, alsof er een vreugdevuur was geweest. Hij keek de kamer rond of er camera's waren. Voor zover hij wist, waren die er niet.

Onder het witte laken was hun vriend van top tot teen bedekt. Hij kwam dichterbij, vocht tegen de drang om te vluchten, maar moest het zeker weten, met eigen ogen zien. Hij trok het laken terug en keek toe hoe het als een geest op de grond viel.

Onmiddellijk kwam er een geur zijn neusgaten binnen. Als een barbecue. Verbrand vlees. En hij zag Rosalies arm naar beneden hangen, bedekt met brandwonden en blaren. Wat was er met haar gebeurd? Wie had haar dit vreselijke aangedaan en waarom?

Hij schoof zijn stoel aan de kant en keek de kamer rond, die brandschoon was zonder sporen van brand. Hier kon het niet gebeurd zijn. Zo niet, waar dan wel? Hebben ze haar daarna naar deze kamer verplaatst?

De vrouw aan de deur klopte. "Schiet alsjeblieft op!" zei ze.

Hij opende de lade van haar nachtkastje. Daar lag het. Het boek waar Rosalie hen over had verteld. Dat waarin ze de informatie over de andere kinderen had genoteerd.

"De tijd is om," zei de vrouw.

E-Z stopte het boek achter zijn rug. Hij drukte op de knop om de deur te openen en ze keerden terug naar de balie.

"Dank je," zei hij. "Van mijn vriend en mij. Je hebt ons vrede gegeven. Laat ons alstublieft weten wanneer de begrafenis en het bezoek plaatsvinden. Oh, nog één ding, het viel me op dat ze brandwonden op haar lichaam had. Zijn er nog andere bewoners gewond geraakt bij de brand?"

"Oh jee," zei de vrouw. "Ik weet het niet. Ik heb niets gehoord over een brand. Ik heb het lichaam niet gezien; ik bedoel Rosalie zelf. Er is me alleen verteld dat ze is overleden. Ik weet niets over de details."

"Het is oké," stelde E-Z haar gerust. "Ik zal niets zeggen. Ik waardeer alles wat je hebt gedaan. Bedankt."

"Er is hier geen brand geweest," zei ze. "Er is geen alarm afgegaan voor zover ik weet. Er zijn geen brandweerwagens opgeroepen. I. Oh my."

E-Z zwaaide en liep weg van de toonbank. De vrouw was nog steeds in zichzelf aan het ratelen. Het leek hem het beste om daar weg te gaan.

De chauffeur hielp E-Z op de achterbank naast de wachtende Lia, waarna hij zijn rolstoel opborg in de kofferbak van het voertuig.

"Het duurde eeuwen," klaagde Lia. "Wat is dat?"

Ze probeerde het boek te pakken, maar E-Z hield het vast. Hij merkte dat het tarief op de meter al meer geld was dan hij bij zich had.

"Het kon niet anders. Ik keek stiekem naar Rosalie. En ik pakte dit. Het is het boek waar ze ons over vertelde. We zullen het bekijken als we thuis zijn." Hij fluisterde: "Heb je geld?"

Met z'n tweeën hadden ze niet genoeg om de taxikosten te betalen.

"Je zult je moeder of oom Sam moeten vragen om ons te helpen," zei hij toen de chauffeur bij het huis stopte.

De chauffeur hielp E-Z terug in zijn stoel, terwijl Lia naar binnen rende. Ze kwam naar buiten met genoeg geld om de rit te betalen en de chauffeur reed weg.

"Sam gaf me het geld."

"Vroeg hij waar het voor was?"

"Nee, maar ik verwacht van wel."

Binnen stonden Sam en Samantha in de keuken. Ze probeerden haastig hun ontbijt klaar te maken terwijl de tweeling hen met hongerige kreten verleidde.

"Waarom ben je niet op school?" vroeg Sam.

"Ik leg het later wel uit. Uh, kunnen we helpen?"

"Nee, maar toch bedankt," zei Samantha. Ze begon Jack te voeren.

Sam knikte en begon Jill te voeren.

E-Z en Lia gingen zijn kamer binnen en sloten de deur. Alfred was de krant aan het lezen.

"Rosalie is dood," flapte Lia eruit, waarna ze op haar knieën viel en snikte, terwijl E-Z zijn arm om haar heen sloeg en Alfred naar haar toe snelde. De drie omhelsden elkaar en huilden tot ze geen tranen meer over hadden.

"Wat heb je daar?" vroeg Alfred.

"Ik heb het boek gepakt."

Lia raapte het op, ging staan en hield het tegen haar borst alsof ze haar vriendin omhelsde, maar in plaats daarvan zag ze alles. Rosalie in de Witte Kamer. De Furies met haar in de Witte Kamer. Boeken die in brand stonden. Planken die omvielen. Overal vuur.

Lia zakte op haar knieën.

"Ze was zo dapper. Zo ontzettend dapper."

"Heb je de brand gezien?" vroeg E-Z. "Wat is er gebeurd?"

"Je wist het, van de brand?"

Hij knikte.

"Waarom heb je het me niet verteld?" Ze wist het antwoord op de vraag al. Hij beschermde haar tegen de waarheid. "Toen ik het boek aanraakte, zag ik alles. Rosalie was in De Witte Kamer. En De Furies waren daar bij haar. Ze wilden dat ze over ons vertelde, en over de andere kinderen. Ze martelden haar, maar ze gaf niet toe."

"Waarom heeft ze ons niet gebeld?"

"Ze heeft het geprobeerd. Ik wist niet dat het leven of dood was. Het ging weg, dus ik dacht dat alles in orde was."

"Het is niet jouw schuld," zei E-Z.

"Ze stierf alleen, onder de boekenplanken, met overal om haar heen brandende boeken. Ze verdiende het niet om zo te sterven. Niemand verdient het om zo te sterven." Ze snikte in haar handen.

"Arme Rosalie," zei hij. "Ze had me kunnen ontbieden. Dat heeft ze eerder gedaan. Waarom heeft ze mij niet opgeroepen?"

"Omdat ze jullie in gevaar zou hebben gebracht. Ze stierf om ons te beschermen."

"Dus de Furies probeerden onze namen en die van de andere kinderen uit haar te krijgen en zij offerde zichzelf op om ons te redden? Om ons geheim te bewaren. Wat een geweldige vrouw was Rosalie. We zullen haar nooit vergeten, nooit," zei Alfred terwijl hij zijn tranen bedwong. "Ze verdient een medaille. Een eremedaille."

"Wacht even, misschien hebben ze haar geblokkeerd om ons te bellen?" zei E-Z.

"Ze heeft me wel een SOS gestuurd, maar dat heeft ze vaker gedaan. Een keer deed ze dat toen de thee in het tehuis op was en ze zich daarover wilde afreageren. Ik wist niet dat dit SOS betekende dat haar leven in gevaar was."

"Je kon het niet weten. Niemand van ons kon dat. We kunnen onszelf niet de schuld geven." Alle drie waren ze stil. "Wacht even, laten we naar het boek kijken."

"Het is alles wat ze ons vertelde dat het zou zijn. Een complete lijst, met details over alle kinderen die op ons lijken. Gelukkig hebben de Furies dit niet in handen gekregen!"

"Hé, wacht eens even!" zei E-Z. "Het idee alleen al dat ze haar gemarteld hebben om informatie over ons en de anderen te vinden - betekent dat de Furies weten dat we allemaal bestaan. Dat betekent dat deze kinderen daarbuiten helemaal alleen zijn en niet eens weten wat ze te wachten staat!

"We moeten ze eerst te pakken krijgen. Want het is slechts een kwestie van tijd voordat - hoe ze het ook over ons te weten zijn gekomen - ze erachter komen waar ze zijn."

"Maar wat als dit een valstrik is, zodat we de Furies rechtstreeks naar hen toe leiden?" vroeg Alfred.

"Ik denk niet dat ze weten waar ze ons kunnen vinden, anders zouden ze hier zijn, toch?" vraagt E-Z. "Ik bedoel, ze hadden het verrassingselement. Door Rosalie te vermoorden, hebben ze hun hand laten zien. Ons laten weten dat ze iets weten...waarschijnlijk om in ons hoofd te komen omdat wij de leiding hebben.""Hoe zit het met de andere kinderen?" vroeg Lia. "Hoe komen we bij hen, zonder onze eigen handen te verraden?"

"Hadz? Reiki?" riep E-Z. "Als je me kunt horen, we hebben je input en hulp nodig."

POP.

POP.

"Weet je het van Rosalie?" vroeg hij.

"Ja, dat hebben we, en het is een triest, triest verhaal om te vertellen," zei Hadz, terwijl ze tranen wegveegde met haar vleugels. "Ze hebben hier gemarteld in De

Witte Kamer. En alsof dat nog niet erg genoeg was - ze hebben het totaal vernietigd en alles wat erin stond. Al die prachtige, gevleugelde boeken - weg. Rosalie, weg. Weg." Ze kon niet meer praten van het snikken.

"Zo, zo," zei Reiki. "En dat is nog niet alles. We weten niet wat er met Rosalies ziel is gebeurd."

"Wacht, haar lichaam ligt in het bed in haar kamer aan de andere kant van de stad in het bejaardenhuis. Misschien is haar ziel daar bij haar?" vroeg E-Z.

Reiki zei: "Heb je iets afgesloten, afgesloten, van lucht, van alles? Zo ja, ga het dan onmiddellijk halen - dan gaan we kijken of Rosalie's ziel bij haar is. We halen hem over om tijdelijk in de container te gaan, totdat we weten waar haar zielenvanger is. Ik hoop dat die Furies hem niet hebben meegenomen."

E-Z haastte zich naar de keuken, waar Sam en Samantha bezig waren met het voeden van de tweeling. "Hebben we die grote thermoskan nog?"

"Ja, het zit in de kast boven de koelkast," zei Sam, waarna hij tegen zijn zoon koerde.

"Bedankt," zei E-Z terwijl hij terugliep naar zijn kamer. "Is dit goed?"

Ze waren allebei nodig om de container te dragen.

"Wacht!" riep Alfred, net op tijd om hen op te vangen voordat Hadz en Reiki naar buiten knalden. "Misschien kan ik helpen? Ik heb helende krachten. Neem me mee. Laat het me proberen. Alsjeblieft."

POP

POP

FIZZLE

En ze verdwenen met z'n drieën en belandden in Rosalies kamer.

"Daar is ze," zei Alfred terwijl hij op het bed sprong, voorzichtig om niet op haar te gaan staan met zijn zwemvliezen. Met zijn snavel tilde hij het laken op, terwijl Hadz en Reiki in de buurt zweefden.

"Wat gaat hij doen?" vroeg Reiki.

"Shhhh," zei Hadz.

Alfred legde zijn snavel op Rosalies voorhoofd en raakte met een van zijn vleugels haar hart aan. Er gebeurde niets.

"Laat me iets anders proberen," zei de zwaan. Deze keer zweefde hij boven Rosalies lichaam, met zijn voorhoofd tegen het hare gedrukt. Weer niets.

"Je hebt je best gedaan," zei Hadz, "nu moeten we haar ziel veilig stellen. Kom tevoorschijn, waar je ook bent."

En zomaar dreef Rosalies ziel naar hen toe.

"Hier ben je veilig," zei Reiki, terwijl de ziel in de container werd gesleept en het deksel stevig werd gesloten.

POP.

POP.

FIZZLE.

"Heb je haar kunnen helpen?" vroeg Lia, maar ze wist het antwoord al door de blik in Alfreds ogen. Ze omhelsde hem: "Ik weet zeker dat je je uiterste best hebt gedaan."

"Dat deed hij echt," zei Hadz.

"Maar haar ziel is veilig, hier... niemand mag het openen. Het moet veilig bewaard worden tot de Zielenvanger klaar is om het te nemen."

"Misschien moet je het bij je houden?" zei Alfred. "En bedankt dat ik het mocht proberen."

In de kamer van E-Z smeedden *De Drie* een plan om de andere kinderen samen te brengen. Er werd besloten dat E-Z naar Australië zou reizen, voor Lachie - ook bekend als The Boy in the Box. Alfred zou naar Japan gaan om Haruto op te halen, de jongen die in het bos was achtergelaten. Tot slot zou Lia door de VS reizen om Brandy op te halen, het meisje dat weer tot leven kon komen.

Hun missies waren duidelijk - wat ze zouden doen als ze daar aankwamen niet. *De Anderen* waren van verschillende leeftijden, verschillende culturen, verschillende talen. Sommigen hadden toestemming van hun ouders nodig, anderen niet.

"Ik vraag me af wat Rosalie hen over ons verteld heeft?" vroeg Lia.

"We kunnen het ze vragen als we ze zien," stelde Alfred voor.

"In de tussentijd moeten we koffers pakken en plannen maken. Ik ga erheen in mijn stoel, maar jullie hebben opties. Beslis wat voor jullie het beste werkt en voer jullie plan uit. Ik vertrouw erop dat jullie de juiste beslissing zullen nemen en de tijd tikt door."

"Ik ben blij dat je dat zegt," zei Lia, "want ik weet niet zeker of ik er met het vliegtuig heen wil. Ik denk dat Little Dorrit misschien de beste optie is, maar ik weet niet zeker of ze dat wel ziet zitten. Ze vliegt weg met één passagier en komt terug met twee."

"Ik weet het ook niet zeker," zei Alfred. "Ik zou erheen kunnen vliegen, uit eigen beweging - maar aangezien Haruto nog vrij jong is - zou ik hem moeten vergezellen in het vliegtuig - tenzij zijn ouders ook meekomen. Bovendien moet ik me zorgen maken over slecht weer - en het is een heel eind."

"Zoals ik al zei, jullie beslissen wat het beste voor jullie is. Alfred, als je besluit om met een vliegtuig te vliegen - vraag Uncle Sam om de details voor je te regelen."

De Drie bereidden zich voor om alle kinderen samen te brengen. Dan zouden ze een plan maken - om die gemene Furies te verslaan. Zelfs als het het laatste plan was dat ze ooit zouden maken.

HOOFDSTUK EEN

OOSTENRIJK

E-Z **WAS** DE EERSTE van het team die Noord-Amerika verliet. Hij vloog door de lucht in zijn rolstoel en genoot van de vrijheid die de open lucht hem bood.

Alleen al het idee om zijn rolstoel op te bergen in een vliegtuig gaf hem de kriebels. Wat als hij kwijt zou raken? Of vernietigd wordt? Het was het risico niet waard. Zou Batman zijn Batmobiel in de steek laten? Nooit.

Hoewel hij er vrij zeker van was dat hij met Lachie een vliegtuig terug zou moeten nemen. Het zou niet juist zijn om het kind alleen te laten vliegen. Misschien zouden ze een uitzondering voor hem maken en hem in zijn rolstoel laten vliegen? Het zou de moeite waard zijn om te informeren. Die brug zou hij oversteken als hij er was. Bovendien wilde hij niet eens aan vliegtuigeten denken. Gelukkig had hij nu een lunchpakket bij zich.

Hij speelde dodgems met de wolken - en ging er een of twee keer dwars doorheen. Maar hij moest zich concentreren. Australië lag tenslotte aan de andere kant van de wereld.

Rosalies aantekeningen over de jongen in de kist waren niet zo behulpzaam als hij had gehoopt. Hij had over zijn verhaal gelezen op het internet. Wat hem het meest opviel, was dat de jongen nu de voorkeur gaf aan dieren boven mensen. Dat was logisch, na alles wat hij had meegemaakt.

Het arme kind was zo in de war toen ze hem vonden dat hij niet meer kon praten. E-Z wist dat er wreedheid bestond in de wereld, maar dit was onuitsprekelijk.

E-Z had veel vragen waar hij antwoorden op hoopte te vinden, zoals waar waren Lachie's ouders? Wie gaf hem eten en maakte zijn kooi schoon? Wie stopte hem daarin? Waarom?

In het artikel stond dat ze reporters stuurden om foto's van de jongen te maken, om te zien hoe het met hem ging, maar de dieren lieten hen niet dichtbij komen. Zelfs niet toen ze een telelens probeerden te gebruiken. De eksters vielen aan en bestookten hen. Hij bekeek een paar filmpjes van eksteraanvallen - het leek wel iets uit de Hitchcockfilm *The Birds*. Uiteindelijk vloog een van de eksters weg met de lens van de verslaggever. Daarna lieten ze de jongen met rust.

E-Z hoopte dat hij het vertrouwen van de jongen kon winnen. En dat zijn dierenvrienden hem ook zouden vertrouwen. Zo niet, dan zou zijn reis zinloos zijn. Nou ja, niet echt zinloos als hij de jongen zou ontmoeten en spreken. Zou hij anderen willen helpen, na de manier waarop hij behandeld was? Alleen de tijd zou het leren.

Hij vloog over de Atlantische Oceaan. Hij had deze route al eerder gevlogen en daar had hij Alfred voor het eerst ontmoet. Zijn telefoon in zijn zak trilde - hij keek even en er was een bericht van Lia.

"Ik wilde je alleen laten weten dat ik met Little Dorrit reis."

"Je hebt toch besloten om niet te vliegen - in een vliegtuig -?"

"Kleine Dorrit dook op en ze staat op mijn schema."

"Klinkt als een plan." Hij stuurde een duim omhoog emoji.

"Waar ben je?" vroeg ze.

"Net over de Atlantische Oceaan. Water, water en nog eens water."

Ze verbraken de verbinding en hij nam het tempo weer op, doorkruiste Afrika waar hij Robbeneiland zag - de gevangenis waar ze Nelson Mandela bijna dertig jaar vasthielden.

Zijn maag knorde; hij had geen zin in de boterham in zijn rugzak. Hij zakte dus af naar Kaapstad en hoopte dat hij zijn bankkaart kon gebruiken om iets te eten. Hij zag een bord van een zaak die "Traditional

Fish and Chips" verkocht met een Britse vlag en ze accepteerden bankkaarten. Hij nam zijn bereide maaltijd mee en vloog naar de top van Lion's Head. Nadat hij zijn maaltijd had opgegeten, die heerlijk was, nam hij een selfie en vervolgde toen zijn reis.

"Maak me over twee uur wakker," zei hij tegen zijn rolstoel, die trilde en vervolgens versnelde. Toen hij weer wakker werd, stak hij de Indische Oceaan over. Door de enorme sterrenpopulatie om hem heen voelde hij zich op de een of andere manier minder alleen. Hij reisde verder en voelde zich triomfantelijk dat hij er bijna was toen hij de zon aan de horizon zich een weg naar boven zag banen om de nieuwe dag in te luiden.

Toen was het recht voor zijn neus - het was de kust van Australië. Opgewonden om het met eigen ogen te zien, nam hij gas terug en reed ernaartoe. Toen hij zich realiseerde dat hij erge dorst had, greep hij in zijn rugzak en haalde er een fles water uit die hij leeggoot. Hij stopte de lege fles terug in zijn tas om later weg te gooien, en hoewel hij nog steeds behoorlijk vol zat van de vis en chips die hij eerder had gegeten. Hij besloot toch maar de boterham met ham en kaas te eten die Uncle Sam had ingepakt.

Hij vloog boven West-Australië, nu hij de hitte voelde, trok hij zijn sweatshirt uit en stopte het in zijn rugzak. Hij vloog verder naar The Outback in het Northern Territory en vroeg zich af waar hij precies moest landen toen een klein vogeltje met blauwtinten veren en een zwarte ring om haar nek op hem afvloog.

"Volg me, E-Z," zei ze. "Ik heb naar je uitgekeken."

"Wat ben jij?" vroeg hij.

"Ik ben een feeënkoninkje," zei ze. "Kom op, hij wacht."

Een groep buizerds vergezelde hen.

"Maak je geen zorgen," zei het feeënkoninkje. "Zij zijn onze begeleiders."

Hij observeerde de unieke vorm waarin de witte strepen van de zwartborstbuizerds zich bewogen. Hij had wel eens gehoord over poëzie in beweging en nu wist hij precies wat die uitdrukking betekende.

Toen zag hij de jongen. Hij stond onder hen en zwaaide. E-Z zwaaide terug. Afgezien van het feit dat hij op de rug van een uitzonderlijk grote vogel zat, zag hij eruit als ieder ander kind.

"Welkom in Australië," zei hij. "Het wordt zo donker, dus volg me. Oh, en trouwens, je mag me Lachie noemen."

"Leuk je te ontmoeten Lachie! Ik kan niet wachten om meer van je fantastische land te zien. Ik wou alleen dat ik langer kon blijven."

"Dit zijn de Savanna Woodlands," zei de jongen. "Adem diep in en je zult de geur van de eucalyptus opmerken."

"Ja, het ruikt heerlijk," zei E-Z.

Ze reisden verder, door steenland, over de uiterwaarden en de billabongs. Uiteindelijk bereikten ze hun bestemming in The Outliers.

"Hier woon ik," zei de jongen. "Kakadu National Park is het grootste nationale park op het land van Australië met meer dan 20.000 vierkante kilometer land. Ik woon hier met de planten en dieren." Het feeënkoninkje landde op zijn hoofd. "Oh, je bent weer moe," zei de jongen met een glimlach. Toen tegen E-Z: "Ze heeft vaak een lift nodig."

Toen ze aankwamen op een plek die op een camping leek, zei de jongen: "Welkom in mijn huis."

"Dank je," zei E-Z. "Ik kan wel een douche gebruiken, of een bad en ik moet plassen."

"Ik heb een mestkelder uitgegraven, daar achter die boom. Daar ben je veilig genoeg. Dan laat ik je zien waar de waterval is, zodat je je kunt opfrissen."

"Een waterval, hè? Zitten daar krokodillen in?"

"Er zijn krokodillen... maar ze zijn gewend dat ik de waterval gebruik. Ik ga de eerste keer met je mee als je wilt?"

"Nee, ik heb vleugels en mijn stoel ook. We vliegen weg als we zware spetters horen!"

"Goed zo," zei de jongste. "Zweef gewoon in het vallende water - niet landen - en dan komt het wel goed. Ondertussen verzamel ik wat eten voor het avondeten. Als je hulp nodig hebt, roep je maar en dan kom ik eraan."

Toen hij de waterval naderde, zag hij borden - en veel daarvan met GEVAAR en WAARSCHUWING erop. Op een bord stond dat er zowel zout- als zoetwaterkrokodillen rondzwierven. Bah.

"Omhoog, naar de top!" dirigeerde hij zijn stoel. Hij ging recht het water in, met zijn gezicht eerst en zat daar te genieten terwijl het over en om hem heen viel. Eerst was het koud, maar toen hij eraan gewend was, voelde het fijn aan.

Terwijl hij om zich heen keek, dacht hij aan de emoe waarop de jongen hem had ontmoet. Het leek vreemd dat een vogel van die grootte - met die enorme vleugels - niet kon vliegen. Hij las online over vogels die niet konden vliegen. Hij was verbaasd om kiwi's, samen met emoes, struisvogels, pinguïns, kasuarissen en nandoes op de lijst te zien. Hij las online dat het DNA van de loopvogels was veranderd, zodat ze nu niet kunnen vliegen. Hij voelde zich een beetje schuldig dat hij, een jongen, kon vliegen terwijl die prachtige vogels dat niet konden.

Toen hij schoon was en nieuwe kleren aan had, liep hij terug naar de jongen, die druk bezig was met het bereiden van hun maaltijd.

"Dit is een bokkenpruim."

E-Z nam een hap. Het smaakte geweldig.

"Dit is een rode struikappel en dit zijn zwarte bessen."

E-Z at alles en vond het heerlijk.

"Dat was ons toetje, ik moet het hoofdgerecht klaarmaken." De jongen groef en groef, en kwam toen met een pan die te heet was om te hanteren. Toen hij met een stok het deksel verwijderde, deed de geur van wat hij gekookt had E-Z watertanden.

"Dit zijn mosselen," zei de jongen terwijl hij wat op een blad legde.

"Ze zijn echt lekker. Ik heb nog nooit mosselen geprobeerd."

De zon viel uit de hemel. "Tijd om te slapen," zei de jongen.

"Nogmaals bedankt om me zo welkom te laten voelen." E-Z geeuwde. Tot dan had hij zich niet gerealiseerd hoe lang hij al wakker was.

"Je zult daarboven slapen," wees hij naar een boom waarin een boomhut zat en een touwladder naar beneden. "Je kunt naar boven vliegen, zet je rem erop zodat je niet beweegt in je slaap. Mijn kamer is daar," hij wees naar een andere boom met een touw naar beneden en een boomhut bovenaan.

"Ga nu slapen," zei Lachie. "Morgenochtend zoeken we alles uit.

HOOFDSTUK TWEE

JAPAN

A LFRED HAD DOOR E-Z afgezet kunnen worden op weg naar Australië. In plaats daarvan besloot hij op de traditionele menselijke manier te vliegen - in een vliegtuig.

Het kostte Sam wat onderhandelen om de luchtvaartmaatschappijen ervan te overtuigen de trompetzwaan een stoel te geven. Laat staan een voorin de First Class. Sam gebruikte zijn connecties op het werk om Alfred in stijl te laten reizen.

In de cabine, met een koptelefoon op en zijn geluksstrikje om, voelde Alfred zich meteen thuis. Hij was ontspannen en het cabinepersoneel was attent. Toch kon hij niet wachten om in Japan aan te komen. En om de jongen Haruto te ontmoeten.

Alfred had zijn rugzak vlakbij opgeborgen en daarin had hij een paar snacks. Hij zou wachten tot hij echt honger had voordat hij in zijn zakken wilde rijst en wilde selderij dook. Naast het eten had hij een reservebatterij voor zijn telefoon en de creditcard van Sam met een brief waarin hij toestemming gaf om hem te gebruiken.

Terwijl hij uit het raam keek terwijl de wolken voorbij vlogen, dacht hij aan Haruto. Volgens Rosalies aantekeningen was hij veel jonger dan de andere kinderen. En ze had geen idee wat zijn krachten waren - aangenomen dat hij krachten had.

Alfreds plan was om eerst alles uit te leggen aan Haruto's ouders en ze hopelijk mee te krijgen. Daarna zou hij meer details geven over hoe Haruto kon helpen, zodra hij had bevestigd op welk gebied hij deskundig was, namelijk welke krachten hij had.

Het moeilijkste zou zijn om hen ervan te overtuigen om hun jonge zoon naar het buitenland te laten reizen. Betalen was geen probleem - Sam zei dat hij daarvoor zijn creditcard moest gebruiken. Maar ze overhalen om hun kind door een zwaan naar Noord-Amerika te laten brengen, dat zou wel wat overtuigingskracht vergen.

Hij leunde achterover in de stoel en deze ging achterover leunen.

"Wilt u iets?" vroeg de knappe bediende.

Het was maar goed dat mensen hem nu konden verstaan. Het maakte zijn leven zoveel gemakkelijker omdat er geen vertaler nodig was.

"Een kopje thee zou lekker zijn," zei Alfred. "In een kom," voegde hij eraan toe. "Het is moeilijk om deze snavel in een theekopje te krijgen."

De bediende glimlachte. Even later kwam ze terug met een kom, een theezakje, suiker, melk en nog een kom koeler water. "Voor het geval de thee te heet is," zei ze.

"Heel attent," zei Alfred.

Hij liet de thee afkoelen en bleef uit het raam kijken. Het was zo fijn om achterover te kunnen leunen en van het uitzicht te genieten. Zonder zich zorgen te hoeven maken over windvlagen, sneeuw, regen of roofdieren.

Uiteindelijk dronk hij zijn thee op met een beetje melk en suiker, waarna hij wegdommelde.

Hij werd wakker van een aankondiging dat de stewardessen de passagiers klaarmaakten voor de landing. Hij had de hele vlucht geslapen!

Door het raam had hij een prachtig uitzicht op Haneda Airport. Rondom zag hij heel veel vers gras om te eten. Hij zou een beetje proeven en zijn rijst en selderij voor later bewaren.

Verderop zag je de contouren van de hoogste berg van Japan - Mt. Fuji. Sam had gelijk, aan de linkerkant van het vliegtuig zitten was de beste plek om te zien wat bekend staat als het hart van Japan.

"Wist je dat er een observatiedek is, op de vijfde verdieping? Vanaf daar heb je misschien een beter uitzicht op de berg Fuji," zei de suppoost tegen Alfred.

"Ik wou dat ik meer tijd had, maar bedankt. Misschien op de terugweg."

De stewardessen lieten hem als eerste het vliegtuig verlaten. Ze stonden in de rij om afscheid te nemen, alsof hij een rockster was.

Omdat Alfred alleen zijn handbagage bij zich had en zwanen geen paspoort kunnen krijgen, liep hij het vliegveld uit op zoek naar een taxi.

Voor de reis had hij op internet gekeken hoe hij in Japan een taxi kon huren. De informatie zei dat hij moest zoeken naar een rode sticker rechtsonder op de voorruit van taxi's. Deze rode sticker bevestigde dat de taxi beschikbaar was om te huren. Deze rode sticker bevestigde dat de taxi beschikbaar was om te huren.

Toen hij er een met de sticker vond, was hij zo blij. Hij vloog naar het open raam en gaf de chauffeur een briefje met zijn snavel. Op het briefje stond waar hij heen moest. De chauffeur was vriendelijk en vond het niet erg om een zwanenpassagier te vervoeren. Hij drukte op een knop op zijn stuur die de achterdeur opende zodat Alfred kon instappen. De chauffeur sloot de deur, en weg waren ze.

Haruto en zijn familie woonden in de op één na grootste stad van Japan, Yokohama. Hoewel hij probeerde de bezienswaardigheden in zich op te nemen, waaronder de skyline, kon hij alleen maar denken aan hoe hij Haruto en zijn familie zou overtuigen om mee te doen aan hun strijd tegen de Furies.

De telefoon in zijn rugzak trilde. Hij greep erin; het was een bericht van E-Z.

"Met Lachie nu. Hoe gaat het in Japan?"

Hij typte met zijn snavel, een vaardigheid die hij zichzelf had aangeleerd toen hij alleen naar Japan reisde. Hij was ook snel en maakte niet veel typefouten.

"Bijna bij Yokohama nu in een taxi. Ik hoop snel bij Haruto's huis aan te komen."

E-Z stuurde hem een duim omhoog emoji.

Alfreds zoon hield ervan om Gundam-robots te bouwen. In Yokohama werd een gigantische robot gebouwd. Hij ontdekte toen hij er online over las dat deze, als hij klaar was, 59 ft. hoog zou worden. Zijn zoon zou graag naar Japan zijn gegaan om het te zien. Sinds hun dood probeerde Alfred niet meer aan hen te denken omdat het hem verdrietig maakte. Maar vandaag, hier in Japan, besloot hij alles te zien wat hij kon, alsof zijn familie bij hem was. Het leven was te kort, zelfs als zwaan om de hele tijd verdrietig te zijn.

De chauffeur stopte voor een tuinhuis met trappen met bloemen aan beide kanten van de leuningen. De chauffeur opende zijn deur en Alfred stapte uit. Hij liep een paar trappen op, stopte en snoepte van het gras dat aan weerszijden van de trap lag. De lucht was koel en geurig en de privétuin aan de voorkant van het huis was prachtig. Toen hij bijna boven was, merkte hij dat de voorkant van het huis erg uitnodigend was, met een uilenwaterpartij aan de linkerkant bij de ingang. Maar in het huis zelf waren alle gordijnen dichtgetrokken alsof er niemand thuis was. Hij hoopte dat er iemand zou zijn om hem te begroeten. Hij had zin in een hapje en een beetje rust.

Hij klopte op de deur met zijn snavel. Er klonk een stem uit een doos in het midden van de deur waar hij niet bij kon zonder op te vliegen - wat hij ook deed.

"Mijn naam is Alfred," zei hij.

De deur ging open en een oudere vrouw gebood hem naar binnen te gaan. Hij volgde haar en vroeg zich af of iemand van het team contact had opgenomen met de familie om hem alvast voor te stellen.

Hij bleef haar volgen, want het geluid van zijn zwemvliezen op de hardhouten vloeren was het enige dat hij hoorde. Het interieur van het huis was vol hout - en geurende orchideeën vulden de lucht. De oudere vrouw leidde hem naar de woonkamer, die vol stond met meubels, voornamelijk van leer. De jaloezieën aan de achterkant van het huis stonden open - hij nam het uitzicht op het weelderige groen in de achtertuin in zich op. Ze wees naar een stoel en hij schoof aan om erin te gaan zitten.

Hij had het zich nog maar net gemakkelijk gemaakt toen de vrouw terugkwam met een dienblad vol dampende thee en wat gebak. Het was bijna alsof ze hem had verwacht - dat of ketels in Japan hoefden veel minder lang te koken.

Achter haar stond een kleine jongen, die zich aan haar been vasthield en zich erachter verstopte. De jongen had de juiste leeftijd om Haruto te zijn, maar ik had gelezen dat je een Japanner niet bij zijn voornaam mocht noemen zonder toestemming. Af en toe wierp de jongen een blik op Alfred en verstopte zich dan weer. Hij leek hooguit vier of vijf jaar oud en droeg een Optimus Prime t-shirt, een korte broek en slippers aan zijn voeten.

"Vind je Optimus Prime leuk?" vroeg Alfred.

De jongen glimlachte en keerde terug naar zijn schuilplaats.

De vrouw joeg hem weg, zodat ze de thee kon serveren.

Alfred had een vertaler ingesteld op zijn telefoon. Hij las de woorden hello op zijn scherm en zei: "Kon'nichiwa." Hij verontschuldigde zich voor zijn slechte uitspraak.

"Hij is Brits," zei de jongen en toen hij dat deed, snoof de oudere vrouw.

Alfred was verrast door hoe goed deze jongen Engels sprak. "Ah, je spreekt Engels. En ja, dat ben ik. Knap dat je mijn accent hebt opgemerkt."

De jongen keek de vrouw aan voordat hij dit keer sprak. Ze knikte.

"Vader en moeder zijn aan het werk," zei hij. "Dit is mijn Sobo" (wat oma betekent) "en ik heet Haruto."

"Hallo," zei de vrouw, ook in het Engels. "Je moet later terugkomen."

"Mijn naam is Alfred. Mag ik je Haruto noemen?" de jongen knikte en toen naar de vrouw: "Hoe moet ik je noemen?"

"Sobo," zei ze, "iedereen noemt me Sobo omdat ik Haruto's oma ben. Hij is blij dat hij me kan delen."

Alfred knikte, "Ik ben erg blij jullie beiden te ontmoeten."

"Heeft Rosalie je gestuurd?" vroeg de jongen.

"Ken je Rosalie nog?" vroeg Alfred. Hij was superblij dat ze deze connectie hadden - hoewel van tevoren weten dat Haruto Engels kon, hem misschien wat ongerustheid had kunnen besparen. Toch besloot hij het advies van de vrouw op te volgen en stond hij op om te vertrekken.

"Mijn vader werkt hier vlakbij," zei Haruto.

"Ik moet een plek vinden om te overnachten. Kun je een plek in de buurt aanbevelen?"

Haruto's oma gaf Alfred een adres met aanwijzingen hoe hij er lopend kon komen.

"Ik zal onze vriend bellen die het hotel beheert. Hij zal je helpen je te installeren en je kunt je later bij mijn zoon voegen in het café."

"Dank je," zei Alfred.

De wandeling naar het hotel was kort en hij genoot van de frisse lucht. Hij proefde zelfs wat Japans gras dat best goed smaakte en nam ook een paar slokjes uit de fonteinen.

De kamer was klein maar had alles wat hij nodig had en was uitzonderlijk schoon en goed uitgerust. Op zijn nachtkastje stond een lamp, met de voet in de vorm van een uil. Hij klikte de lamp aan en uit en merkte hoe de ogen oplichtten. Hij nam een douche, kleedde zich om met een andere vlinderdas en liep toen naar het café waar hij Haruto's vader zou ontmoeten.

Zijn telefoon zoemde; het was weer een bericht van E-Z.

"Hoe is het in Japan?"

"Leuk," sms'te hij terug terwijl hij zijn snavel gebruikte om te typen. "Ik heb Haruto en zijn oma ontmoet. Ze spreken Engels. Hij is erg verlegen, maar kende Rosalie. Hij was opvallend jong - misschien vier of vijf. Het zal misschien moeilijk zijn om zijn familie te overtuigen om hem naar Noord-Amerika te laten komen."

"Rosalie wist dat hij krachten had - maar ja, dat is jonger dan ik dacht dat hij zou zijn," zei E-Z. "Het is goed dat ze Engels spreken. Waar ben je nu?"

"Ik ga naar een café om Haruto's vader te ontmoeten. Ik denk trouwens niet dat Rosalie tijd had om haar aantekeningen over Haruto bij te werken of aan te vullen. Ze noemde hem een baby."

"Ik weet niet hoe bezorgd we in dit stadium moeten zijn, maar ik las online dat de Furies elke vorm kunnen aannemen. Ik deel gewoon de informatie. Aangezien we ze niet kunnen herkennen, moeten we voorzichtig zijn als ze ons ontdekken."

Alfred stuurde een duim omhoog emoji.

"Ik moet nu gaan," zei E-Z.

HOOFDSTUK DRIE

SLECHTE DROMEN

E-Z SLIEP EN WAS wakker. Dat wil zeggen, hij kon het plafond boven zijn bed zien en de matras voelen die zijn rug ondersteunde. En toch krijsten er in zijn hoofd drie banshees:

"Vertel ons waar je bent!"

"Vertel!"

"Vertel het ons NU!"

"Neeeee!" gilde hij.

Boven zijn hoofd aan het plafond hing een spiegel. Maar de persoon die erin werd weerspiegeld, was niet hijzelf. In plaats daarvan was het zijn oom Sam. En in de weerspiegeling schreeuwde en kronkelde oom Sam van de pijn.

"Oom Sam is in ons hol!" gilde de eerste heks.

"En hij komt er nooit meer uit!" zeiden de andere twee eensgezind.

Toen braken de drie in een soort gelach uit dat hij nog nooit eerder had gehoord. De geluiden waren hyena-achtig, keelklank, dierlijk.

"Spreek!" eisten de boze heksen en ze prikten en prikten in Uncle Sam alsof hij een stuk vlees was dat voor het bakken werd klaargemaakt.

"E-Z," zei Uncle Sam, met een stem die trilde alsof zijn lichaam in zijn spiegelbeeld zat. "Wat ze ook willen, geef het ze niet. Wat ze me ook aandoen, geef niet toe."

"Als je hem pijn doet," zei E-Z, "zal ik, zal ik..."

"Zeg ons waar je bent, waar ze allemaal zijn en we laten hem gaan," zongen ze samen met een stem die niet zou hebben misstaan in Hades.

"Alles wat we nodig hebben is een aanwijzing, of twee," zei de tweede.

"Vertel ons wie wie is," zei de eerste.

"Of we maken korte metten met je weet wel wie," zei de derde.

Toen lachten ze. Hun stemmen in zijn hoofd deden zo'n pijn. Maar hij droomde alleen maar. Hij moest wakker worden - NU.

"Ahhhhhhhhhhhhhhhhhhhhhhhh!" riep Uncle Sam.

Meer gelach.

E-Z werd wakker en besefte al snel dat hij in Australië was met Lachie en niet thuis in zijn eigen bed. Hij controleerde zijn telefoon, maar hij had maar één streepje. Hij zou blijven controleren tot hij genoeg streepjes had om Uncle Sam te bellen. Om er zeker van te zijn dat hij in orde was. Dat het een nachtmerrie was geweest en niets meer.

Beneden het boomhuis hoorde hij Lachie bewegen. Waarschijnlijk was hij ontbijt aan het maken. Het was goed om het leven van de jongen te zien. Hoe hij zichzelf weer in elkaar had gezet na alles wat hij had meegemaakt. Mensen waren heel opmerkelijk.

Wat Lachie ook aan het koken was, het rook goed en zijn eerste neiging was om er meteen naartoe te vliegen en hem over zijn nachtmerrie te vertellen. Maar iets in zijn achterhoofd zei hem dat hij het voorlopig voor zich moest houden. De Furies konden immers onmogelijk weten waar hij woonde. Waar ze allemaal woonden. Hij controleerde de streepjes op zijn telefoon nog een keer - deze keer niet eens één streepje. Hij stopte hem in zijn zak en vloog naar beneden.

"Heb je lekker geslapen?" vroeg Lachie, terwijl hij vloeistof uit een pan boven het vuur in een kom lepelde.

E-Z nam het aan. "Ik had een rare droom, maar voor de rest, ja. Het is leuk daarboven. Bedankt dat je zo meegaand was."

"Maak je geen zorgen. Er zijn hier veel geesten. En onbekende geluiden voor jou. Als je over de droom wilt praten, voel je vrij," zei Lachie.

"Misschien later."

"Oké, ga je gang en eet smakelijk. Ik hoop dat je van paddenstoelen houdt."

"Ik vind ze heerlijk," zei E-Z terwijl hij een grote hoeveelheid van de hete, stomende soep in zijn mond lepelde. "Het is erg lekker."

"Oh, wacht even, ik ben de demper vergeten - dat is brood." Hij opende wat aluminiumfolie dat in het midden van de vuurkorf lag en scheurde het in vieren, waarbij hij E-Z het eerste deel gaf.

"Dit is het beste brood dat ik ooit heb geproefd! Hoe heb je zo leren koken?"

"Een paar inwoners hebben het me geleerd. Blij dat je het leuk vindt."

Ze zaten rustig, terwijl de zon hoog aan de hemel op hen neerkeek. E-Z probeerde niet aan zijn nachtmerrie te denken. Hij haalde de telefoon uit zijn zak en controleerde de tralies opnieuw. Nauwelijks één. Hij hield van technologie - als het werkte.

"Nu je buik vol is, laten we praten over waarom je hier bent," zei Lachie. "En vooral, hoe ik kan helpen."

E-Z sprak niet, in plaats daarvan wierp hij weer een hoopvolle blik op zijn telefoon. Lachie leek zich er niet aan te storen, want hij scheurde weer een stuk demper af. Uiteindelijk raapte hij zichzelf bij elkaar en richtte zijn aandacht op wat er aan de hand was.

"Sorry, mijn gedachten waren even ergens anders."

"Dat is geen probleem. Wil je meer demper?"

"Nee, het gaat goed. Dus, ik zou eerst willen weten wat Rosalie je heeft verteld over ons drieën. Ik bedoel, Alfred, Lia en ik."

"Ja, ze vertelde me alles over jullie drieën. Het was alsof ze hier bij me was en me een verhaaltje voor het slapen gaan vertelde. Hoe meer ze vertelde, hoe meer ik jullie wilde ontmoeten, om jullie te helpen."

"Ik ben blij te horen dat je wilt helpen. Maar laat me je eerst de details vertellen voordat je je vastlegt. Het zal voor niemand van ons een gemakkelijke weg worden."

"Ik ben niet bang voor een uitdaging," zei Lachie. "Wat heeft Rosalie je over mij verteld?"

"Om eerlijk te zijn heeft ze me niet veel verteld, maar ik heb online over je gelezen. Ben je er ooit achter gekomen wat er met je ouders is gebeurd?"

"Nee, en dat wil ik ook niet. Ik ben gelukkig hier, zelfvoorzienend. Ik heb niemand nodig."

"Iedereen heeft vrienden nodig," zei E-Z.

"Misschien."

"Heeft Rosalie je verteld over de Furies?"

"Nee, maar ze zei dat je op een dag een beroep op me zou doen, als je mijn hulp nodig had om het kwaad te bestrijden. En ze had het over de Furies - waar ik al van gehoord had."

"Echt waar? Wat heb je gehoord?" vroeg E-Z.

"De inheemse bevolking, van wie ik elke keer als ik bij hen ben iets nieuws leer, weet alles over de Furies. Ze hebben de originelen als doelwit gekozen, ze proberen hen te straffen en van hun land te verdrijven."

"Lachie stond op, goot wat water op het vuur en zorgde ervoor dat het helemaal uit was.

"Ik geloof dat het kwaad moet bestaan om het goede te laten overleven - maar er moet een soort code zijn - en zij volgen geen code. Alles wat ze doen is voor hun eigen zelfbehoud en dat is geen manier van leven."

"Dat zijn wijze woorden, voor een kind van jouw leeftijd," zei E-Z. Nadat hij het had gezegd, voelde hij zich een beetje beschaamd, alsof hij te hard probeerde wijs te zijn omdat hij de oudste van de twee was. "Ik denk dat je waarschijnlijk zeven of acht bent, heb ik gelijk?"

"Ik denk het wel, maar over mijn echte leeftijd ben ik niet zeker. Toen ze me vonden, vonden ze geen documentatie om het te bewijzen. Ik denk dat als mijn stem begint te veranderen, ik een beter idee zal hebben." Hij lachte.

"Ondertussen kun je je eigen leeftijd kiezen," stelde E-Z voor.

"Alsof ik mijn eigen naam heb gekozen," zei Lachie. "Hoe dan ook, wat je ook wilt dat ik doe, ik doe mee."

"Wat er met de Furies gebeurt, is dat ze het internet gebruiken. Je kent het internet, toch?"

"Ik wel. Ze hebben wi-fi in de bibliotheek. Ik hou van lezen. Mythologie is best cool. Sci-fi ook."

"De Furies gebruiken online multiplayer games om de kinderen in de val te lokken. De meeste kinderen spelen spelletjes, ik ook," zei E-Z.

"Spelletjes zijn tijdverspillers," zei Lachie. "Dat hebben de inheemse leraren me geleerd. Het leven is te kort om het te verspillen met doelloze afleidingen."

"Iedereen houdt wel van spelletjes," zei E-Z. "Ik zou je wereldwijde cijfers kunnen geven, maar het belangrijkste is dat de Furies profiteren van dit fenomeen. Het is alsof elk kind dat speelt, hen toegang heeft gegeven tot hun hart en geest."

"Hoezo?"

"Om in het spel een level omhoog te komen, moet je een lijst met taken voltooien. Het is de enige manier om verder te komen in het spel. Als je niet zou doen wat er van je gevraagd wordt, zou het geen zin hebben om het spel te spelen. En toch is wat er vaak van je gevraagd wordt in strijd met de wet in het echte leven."

"Tegen de wet! Zoals wat?" vroeg Lachie.

"Zoals doden."

Lachie schudde zijn hoofd.

"Het is een spel, dus je doet wat je moet doen om naar het volgende niveau te gaan."

"Oké, ik denk dat ik het begrijp. Het mandaat van de Furies was om diegenen te straffen die misdaden pleegden en ongestraft bleven. Ze verdraaien dat mandaat om kinderen te kwetsen die een denkbeeldig spel spelen."

"Dat klopt Lachie. Precies. En als de kinderen sterven, stelen ze hun zielen."

"Waarom?"

"Heb je ooit gehoord van Soul Catchers?"

"Nee," zei Lachie.

"Als je sterft, heeft je ziel een plek voor eeuwige rust. Dat heet een Zielenvanger. Maar het is niet de bedoeling dat deze kinderen sterven als de Furies ze pakken, dus er wacht geen Zielenvanger op ze."

"Hoe weet je dit allemaal?" vroeg Lachie.

"De aartsengelen vertelden het me niet alleen, maar lieten het me ook zien. Ik was een paar keer in mijn Zielenvanger. Ze riepen me daar op. Ik wist niet eens hoe het heette totdat dit allemaal gebeurde. Het is niet iets waar mensen zich mee bezig zouden moeten houden. De meesten denken dat we naar de hemel of de hel gaan."

"Als jouw zielenvanger klaar was, en jij bent nog maar een kind, waarom zijn die van hen dan niet klaar?"

"Goede vraag. Waar ik nog niet eerder aan had gedacht. Ik denk dat ik aannam dat ik een speciale omstandigheid was," zei E-Z. "Maar ik weet wel dat de aartsengelen iets hebben verpest. Iets waar ze niet over willen praten. Misschien hebben ze daarom onze hulp nodig, om dit op te lossen."

"Maar hoe doen ze dat? Dat snap ik niet."

"Ze hebben de regels verbogen, in de hoop de controle over alle Zielenvangers over te nemen. Als we sterven, horen onze zielen in één van de zielenvangers te gaan die op ons wacht. Het is niet de bedoeling dat ze overdraagbaar zijn. Als ze ze allemaal beheersen, kan elke ziel nergens heen. Dan zal het hiernamaals in chaos vervallen. Dus, nu je alles gehoord hebt - doe je nog mee?"

"Ja, zeker weten. Bovendien is er hier niets beters te doen. Ik zou een interessant avontuur zijn."

"Om eerlijk te zijn," zei E-Z, "zal het niet makkelijk zijn. En je zult je leven op het spel zetten met de rest van ons. Maar we steunen elkaar.

"We zullen winnen!"

"Ik hoop het, maar eerst moeten we uitzoeken hoe we daar gaan komen. Uncle Sam heeft vliegtickets voor ons in de wacht staan. We moeten ze ophalen op het dichtstbijzijnde internationale vliegveld. Hij heeft ze gereserveerd."

"Niet nodig!" zei Lachie. "Ik heb mijn eigen vervoer." Hij stak zijn twee vingers in zijn mond en floot.

Een paar minuten lang gebeurde er niets.

"R-R-R-R-RRRRRRRRRRRRRRRR.""W-wat was dat?" vroeg E-Z.

Lachie stond heel stil toen de bomen verschoven en fluisterden.

Vervolgens hoorde E-Z vleugels flapperen. Zo te horen had datgene wat eraan kwam gigantische vleugels.

Toen brak het wezen door het gebladerte van de bomen. Het zou niet hebben misstaan in een van de Harry Potter-films.

"Is dat een draak?" vroeg E-Z.

"Hij is een Aussiedraco," zei Lachie. "Ook wel bekend als een pterosaurus, dus hij komt uit de buurt." Tegen de draak zei hij: "G'day mate," en hij ging op weg om hem te begroeten. Het enorme geschubde wezen liet zijn kop zakken. Lachie aaide hem en sprong toen op zijn rug.

"Kom op E-Z, waar wacht je nog op?"

"Uh, ik heb mijn eigen vervoer."

Lachie gooide zijn hoofd achterover en lachte.

"HAR-HAR-R-R-R!"

deed het schepsel mee.

"Zijn naam is Baby," zei Lachie. "Spring erop, want Baby wil je meenemen voor een ritje, en wat Baby wil, krijgt Baby."

"Maar mijn stoel!"

Baby strekte zijn lange nek uit en pakte E-Z op. Zonder stoel gooide hij hem op zijn rug. E-Z greep zich vast aan Lachie terwijl Baby in de lucht sprong.

"Kijk uit voor de bomen!" riep E-Z.

Lachie en Baby lachten.

Ze vlogen over kilometers rood zand.

Al snel voelde E-Z zich niet meer bang.

Ze vlogen over verschillende rotsformaties, één die eruitzag als Homer Simpson die ging liggen. Vervolgens zagen ze Uluru, de enorme rode monoliet.

Ze brachten de hele dag door, vliegend over Australië, met het bekijken van de bezienswaardigheden.

"We kunnen beter teruggaan," zei Lachie. "We hebben een goede nachtrust nodig voordat we naar Noord-Amerika vertrekken en de rest van het team ontmoeten."

"Klinkt als een plan," zei E-Z, die nu steeds meer van de rit genoot en wenste dat er nooit een einde aan zou komen. Hij zou niet vallen, hij had vleugels als hij die nodig had - maar hij wist één ding zeker, vliegen op Baby was het leven.

Hij vroeg zich alleen af waar hij haar zou houden als ze weer thuis waren. De draak was te groot om in de garage te passen. Dat probleem zou hij wel oplossen als hij die brug overstak. Misschien als hij en Dorrit bevriend zouden raken, konden ze samen slapen?

"Maak je geen zorgen om mij," zei Baby.

E-Z keek twee keer.

"Uh, ja, ik kan gedachten lezen. Niet altijd en niet van iedereen," zei Baby. "Ik regel mijn eigen slaapgelegenheid wel. En wat betreft Kleine Dorrit, nou, Eenhoorns en Draken kunnen meestal niet met elkaar overweg - maar ik wil het best proberen."

Baby zette ze af en vloog weg de nacht in.

E-Z wist het nog van Uncle Sam, maar hij was te moe om er iets aan te doen. Hij zou hem morgenochtend bellen. Natuurlijk zou alles goed komen.

HOOFDSTUK VIER

OZ VERTREK

DE VOLGENDE OCHTEND, TERWIJL E-Z en Lachie zich voorbereidden op hun reis, praatten ze en leerden ze elkaar beter kennen.

"Ik moet mijn telefoon opladen en mijn oom Sam bellen. Ik wil graag een pitstop maken om beide te doen voordat we Australië verlaten."

"Geen probleem, want ik wil ook graag wat spullen ophalen. We kunnen alles tegelijk doen. Ik ga boodschappen doen, jij kunt je telefoon opladen en je oom bellen. Is er iets dat ik moet weten?"

"Gewoon een vreemde droom die ik had. Ik wil hem controleren zodat ik me geen onnodige zorgen maak."

"Eerlijk is eerlijk," zei Lachie terwijl hij wat kookspullen opborg, zodat ze veilig waren tot hij terugkwam. "Ik ga deze plek zeker missen."

"Ik weet het, en je vrienden ook, maar je zult nieuwe vrienden maken en iedereen zal ervoor zorgen dat je je thuis voelt. Bovendien ben je terug voor je het weet."

"Daar maak ik me zorgen over. Wat als ik niet terug wil komen? Wat als ik eraan gewend raak om mensen om me heen te hebben? Om verwend te worden met voorzieningen?" Hij pauzeerde toen twee eksters landden, één op elk van zijn schouders. De vogels pikten lichtjes in zijn oren, alsof ze tegen hem fluisterden. Lachie glimlachte en ze vlogen weg.

"Wat zeiden ze?" vroeg E-Z.

"Uh, niets eigenlijk. Ze zeiden alleen dat ze van me houden en dat ze me gaan missen." Een raaf vloog naar beneden en landde op zijn schouder. "Dit is mijn maatje Erroll."

"Aangenaam, Erroll," zei E-Z. "Hoe zijn jullie vrienden geworden?"

Lachie lachte. "Grappig dat je dat vraagt. Errol's bestaan al heel lang. Sterker nog, zijn grootvader was vele malen een huisdier van iemand die jouw verre familielid zou kunnen zijn. Tenminste, als je familie bent van Charles Dickens?"

E-Z leunde voorover en knikte. Lachie had nu zeker zijn volledige aandacht.

"Charles Dickens had een raaf als huisdier die Grip heette. Volgens de verhalen die door de jaren heen de ronde deden, was het Grip die Edgar Allan Poe inspireerde tot het schrijven van zijn beroemdste gedicht, The Raven."

"Wauw dat is zo cool!" riep E-Z uit.

"Vogels zijn superintelligent. Net als de inheemse ouderen die me onder hun hoede namen toen ik voor het eerst in de Outback aankwam. Ze leerden me lezen en schrijven en voedsel bereiden. Ze leerden me ook hoe ik giftige flora en fauna kon herkennen en vermijden.

"Ik leer elke dag iets van de wezens die ik ontmoet en met wie ik praat. Ze zeggen dat vroeger iedereen met dieren kon praten - niet alleen ik - maar dat er iets is veranderd. Ze denken dat het in onze hersenen is gebeurd, maar wat er met alle anderen is gebeurd, is niet met mij gebeurd."

"Hoe wisten ze dat je anders was?"

"Ze zeggen dat ze over mij gehoord hebben, toen ik geboren werd en toen ik de jongen in de doos werd. Nog voordat ik geboren was, vlogen de geruchten over mij al fluisterend de wereld rond. Ze hadden op me gewacht, dat is wat ze me lange tijd hebben verteld."

"Hoe lang?" vroeg E-Z.

th"Ik wil niet brutaal klinken, maar ze zeggen dat Mozart van mij afwist - hij had een spreeuw als huisdier en leefde in de 17e eeuw. Dat is recenter. Vóór hem gaat het terug tot Vergilius in 70 v. Chr. Wist je dat hij een vlieg als huisdier had?"

"Echt waar? Een vlieg - een huisdier?"

"Ik heb met een struikvlieg gesproken die familie was van Virgil - zijn naam was Leonard, of kortweg Leo en hij bevestigde alles." Lachie raapte een pot op en verstopte die in de struiken, met nog wat andere dingen. "Ik heb ook gekletst met het familielid van Andrew Jacksons papegaai. Jacksons vogel heette Pol - het was een cadeau voor zijn vrouw - en was mannelijk, maar omdat zijn familielid vrouwelijk was heette ze Polly. Ze had een vreemd gevoel voor humor!"

"Daar lijkt het wel op. Ik hoop dat we verder kunnen praten, maar ik moet je wat vragen over je speciale krachten - en we moeten snel op weg, tenminste als je alles veilig hebt opgeborgen."

Lachie knikte: "Natuurlijk. Bijna klaar. Ik moet alleen nog een paar dingen veiligstellen. Waarom vertel je me ondertussen niet eerst wat over jezelf?"

"Nou, je hebt mij en mijn stoel al in actie gezien - ja, we kunnen vliegen. Mijn stoel heeft speciale krachten, naast vliegen kan hij ook criminelen vangen en heeft hij een voorliefde voor bloed. We zijn een paar, mijn stoel en ik, net als Batman en zijn Batmobiel."

"Gaaf!" zei Lachie. "Maar dat is een beetje vreemd van dat bloedgedoe."

"Ik weet niet wie dat zei, maar mijn stoel lijkt het ermee eens te zijn. In plaats van het in de grond te laten druipen, vangt hij het op.

"Onze eerste redding was een klein meisje - we hebben haar gered van een aanrijding door een voertuig. Daarna hebben we een vliegtuig vol passagiers gered. Ik wil niet opscheppen en ik weet zeker dat je de essentie begrijpt. Door anderen te helpen, ontdekte ik dat ik nu supersterk ben en mijn stoel ook. Oh, en we zijn kogelvrij gemaakt."

"Bedoel je dat mensen op je hebben geschoten?"

"Ja, we hadden een paar situaties met wapens. Nu is het jouw beurt."

Mijn meest verbazingwekkende kracht is, zoals je al hebt gezien, dat ik met alle wezens kan praten. In feite, gisteren toen je dacht dat je met Baby aan het praten was, nou, dat was ook zo, maar als ik hier niet was, zou ze wartaal praten. Ze communiceert met jou, via mij. Ik ben als een netwerk, een veiligheidsnetwerk. Ik kan het afsluiten of openen, afhankelijk van wat ik beslis.

"Toen ik in die kooi zat, zaten de dieren buiten te kletsen. Soms dacht ik dat ze met me communiceerden, maar dan dacht ik dat ik misschien gek werd. Op een keer vloog er een kakkerlak door de tralies van mijn kooi naar binnen en zei dat hij me kon helpen om eruit te komen, als ik dat wilde.

"Bah, ik haat kakkerlakken. Maar nog nooit gehoord van vliegende kakkerlakken."

"Ze zijn eigenlijk best slim en hebben een enorm overlevingsinstinct - ze eten alles."

"Jammer dat ze de mensen niet hebben opgegeten die jou in die doos hebben gestopt." E-Z dacht even na. "Waarom liet je hem niet proberen je te redden? Ik bedoel, je had niets te verliezen."

"Wat is dat oude gezegde, beter de duivel die je kent?"

"Dat snap ik, dus je was niet bang voor de mensen die je vasthielden?"

"Het was niet echt een doos - het was een kooi. Maar het klinkt beter als ze het een doos noemen. Bovendien hebben ze me nooit pijn gedaan. Ze gaven me eten en water. Vervingen de krant. En ik heb nooit echt gezien wie ze waren omdat ze maskers droegen."

"Ik snap niet waarom ze je daar in de eerste plaats hielden."

"Ik denk niet dat ik het ooit zal weten. En ik ben niet blijven hangen om antwoorden te krijgen toen ze me vrijlieten."

"Hoe ging dat?"

"Ze hebben een kamer voor me ingericht in hetzelfde huis. Ze stuurden een aardige dame langs om voor me te zorgen. Ik kwam nooit buiten het huis. Het was te eng voor me."

"Was je in staat om te praten? Ik bedoel, als je voor altijd in een kooi zat, heb je dan herinneringen aan vroeger? Van je ouders?"

"Ik praat er niet graag over. Het verleden is het verleden. Ik kan het niet veranderen. Ik kijk altijd vooruit. Maar ik ben niet in een kooi geboren. Soms denk ik dat ik me herinner dat ik naar school ging. Maar het kan ook een droom geweest zijn. Sommige dagen is het moeilijk om het verschil tussen die twee te zien."

E-Z herinnerde zichzelf eraan om Uncle Sam te bellen.

"Dus, hoe ben je hier beland, levend met dieren en honderd procent zelfredzaam? Ik neem aan dat je mensen niet mist?"

"Je kunt niet missen wat je je niet herinnert. Wat de dieren betreft, ik heb ze niet gekozen, zij hebben mij gekozen. Ze kwamen naar het huis, alsof ze wisten dat ik niet meer in de kooi zat en ze wachtten tot ik naar buiten kwam. Ze wisten al dat ik met ze kon praten, ze kon begrijpen - maar ik wist niet dat ik dat kon, totdat ik het probeerde. Toen ging er een hele wereld voor me open en daar moest ik deel van uitmaken. Ik was niet meer alleen. Toen boden ze aan om me mee te nemen en me veilig te houden. Nu ben je op de hoogte van het verhaal van Lachie."

"Het is een verbazingwekkend verhaal. Praten met dieren dus. Heb je nog iets anders ontdekt?"

"Nou, ja. Maar het is vrij nieuw."

"Vertel mij wat."

"Het is beter als ik het je laat zien."

"Oké," zei E-Z.

Hij keek toe hoe Lachie opstond en naar een nabijgelegen eucalyptusboom liep. Hij bleef even naast de boom staan, stapte toen naar voren zodat hij voor de dikke verweerde stam van de boom stond. Toen was hij weg.

"What the?"

Lachie bewoog zich naar de andere kant van de boom en toen weer terug tegen de stam.

"Oh, dus je bent onzichtbaar?"

"Nee, kijk beter." Hij stapte weg van de boom. "Blijf naar mijn ogen kijken."

E-Z deed het, en hij kon Lachie's ogen zien in de boomstam, maar hij kon Lachie niet zien. "Wacht even," zei E-Z. "Ik snap het al. Het is camouflage - je bent een kameleon. Wauw!"

Lachie lachte en keerde terug naar zijn stoel.

"Hoe heb je het ontdekt? Het is echt een coole kracht. Je kunt bijna overal in opgaan en niemand zou het ooit weten!"

"Nadat ik een tijdje bij de wezens had geleefd en geen mensen had gezien, kwam er op een dag een groep wandelaars langs. Ik rende een boom in om me te verstoppen, maar ik had niet genoeg tijd - dus stopte ik tegen een boomstam en bleef stil staan. Ze liepen vlak langs me heen, alsof ik niet bestond. Ik snapte er niets van. Een vogel landde op mijn schouder en een slang kroop langs mijn been omhoog. Zij konden mij zien, maar mensen niet. Toen wist ik dat ik een kameleon was."

"Hoe voelt het? Ik bedoel als je in camouflagemodus gaat?"

"Het voelt niet als iets anders. Het gebeurt gewoon."

"Cool. Nou, wil je meer weten over de rest van het team en welke vaardigheden zij meebrengen?"

Lachie knikte.

"Je zult Lia leuk vinden. Ze is ziende. Haar ogen zitten in haar handen en ze kan het nu zien, in de gedachten van sommige mensen en ze kan een glimp opvangen van de toekomst, wat er soms gaat gebeuren. Dat deel van haar kracht lijkt toe te nemen. Natuurlijk is er ook het leeftijdsaspect. Toen we elkaar voor het eerst ontmoetten was ze zeven en nu is ze twaalf."

"Dat is echt cool," zei Lachie. "En ik hoor dat haar moeder en jouw oom Sam..."

"Vind je het erg als we gaan. Alleen al het horen van Sam's naam maakt me weer ongerust."

"Geen zorgen," zei Lachie. Hij floot en Baby arriveerde en weg vlogen ze naar de dichtstbijzijnde stad, waar Lachie een paar dingen oppikte, E-Z zijn telefoon in de oplader stopte en toen die genoeg opgeladen was, belde hij meteen Sam's nummer.

Er werd niet opgenomen, in plaats daarvan ging het gesprek rechtstreeks naar Sam's voicemail. Hij probeerde Samantha's telefoon en ze nam meteen op. "Hallo, met E-Z, is oom Sam beschikbaar?"

"Tuurlijk E-Z, een momentje." Er werd wat gefluisterd. "Hallo, kiddo," zei Sam. "Waar ben je nu, vlieg je al over de oceaan?"

"Uh, even controleren of alles goed met je is," zei E-Z. "Zo ja, zeg dan alsjeblieft het codewoord."

"Sponge Bob Square Pants," zei oom Sam.

"Gelukkig maar," zei E-Z. "Ik had een rare droom dat The Furies jou hadden."

"Ah, we hebben wat vrienden op bezoek en we zijn net klaar om te gaan zitten en wat dingen in de fondues te dopen. We hebben chocolade met fruit, kaas en groenten en kaas met brood en vlees. Het is een hele selectie en we hebben verschillende soorten wijn. De tweeling is al beneden voor de nacht."

"Uh, dat klinkt..."

"Ik moet gaan E-Z, tot snel. Hou je goed."

"Mijn oom is in orde en ze hebben een fondue - klinkt als een feestje."

"Wat is een fondue?" vroeg Lachie.

"Het is een pot waar je dingen in smelt en dan doop je er andere dingen in. Zoals aardbeien in chocolade dopen en stukjes brood in kaas. En je hebt gelijk, ze zijn nu getrouwd en ze hebben onlangs een tweeling gekregen, dus het huis is behoorlijk vol en lawaaierig."

"Ooh, dat klinkt heerlijk," zei Lachie.

Met E-Z's telefoon volledig opgeladen en Lachie's spullen veilig op Baby's rug, vloog het koppel Australië uit. Onderweg praatten ze. Na uren niets interessants gezien te hebben en met knorrende magen maakten ze zich klaar om te landen om te eten en naar het toilet te gaan.

"We moeten toch snel landen om te lunchen - bovendien heb ik nu al honger! En gefeliciteerd trouwens!"

"Bedankt! We kunnen in Hawaï stoppen voor cheeseburgers en frietjes," stelde E-Z voor.

"Ik wist niet dat Hawaïanen gespecialiseerd waren in hamburgers en friet."

"Ze maken deel uit van de VS, dus cheeseburgers en friet - om nog maar te zwijgen van dikke shakes - zijn uitstekende traditionele voedingsmiddelen die je moet proberen en ik garandeer je dat je er dol op zult zijn."

"Ik eet geen vlees. Koeien zijn ook mensen."

"Ze hebben iets vegetarisch, het is nog steeds een cheeseburger en je zult er dol op zijn. Oh, je hebt toch niets tegen het drinken van koemelk?"

"Nee, dat doe ik niet."

"Oké stoel en Baby - laten we naar de dichtstbijzijnde cheeseburger tent gaan die ook veggie burgers serveert," stelde E-Z voor, terwijl zijn knorrende maag zich liet horen.

"Vooruit!" riep Lachlan terwijl Baby een geschikte plek zocht om te landen.

HOOFDSTUK VIJF

BRANDY

LIA EN HAAR EENHOORNIGE reisgezel Little Dorrit vlogen door de wolken.

Lia waardeerde de sierlijke maar snelle bewegingen van haar vliegende metgezel. Samen bedachten ze een spel dat Jump the Clouds heette. Afhankelijk van het type wolk, sprongen ze eroverheen, eronderdoor of erdoorheen. Er doorheen gaan was het leukst.

"Ik vind het geweldig als we in de wolk zijn," zei Lia. "Ik reik uit om hem aan te raken, maar er is niets."

"Het lijkt erop dat we naar het winkelcentrum hieronder gaan," zei Little Dorrit voordat ze een driesprong maakte, over, onder en door dezelfde wolk.

"Weeeeeee!" riep Lia uit.

"Dank je, dank je," zei de eenhoorn terwijl ze naar beneden wees.

"Winkelen, hè?" zei Lia, terwijl ze het bekeek. Het was een groot winkelcentrum, bijna een blok lang. "Ik hoop dat ik niet veel geld nodig heb, maar mam heeft me wel haar creditcard gegeven voor het geval ik die nodig heb."

"Brandy staat in het gangpad van de supermarkt een karretje te vullen om de tijd te doden. We kunnen maar beter opschieten, anders komt haar moeder haar zo zoeken," zei de eenhoorn.

"Dat is echt cool, dat je zo haar locatie kunt bepalen. Ik kan niet wachten om haar te ontmoeten en meer over haar krachten te weten te komen," zei Lia terwijl ze haar armen om Dorrits nek sloeg om zich voor te bereiden op de landing. "Ik heb altijd al een grote zus willen hebben, dus dit is misschien mijn enige kans."

"Fluit als je me nodig hebt," zei Dorritje toen Lia afstapte, "en ik zie je hier."

Lia liep door de klapdeuren het winkelcentrum binnen. Meteen zag ze een meisje, waarvan ze hoopte dat het Brandy was, een karretje in de supermarkt duwen. Op basis van Rosalies beschrijving moest zij het wel zijn.

Het meisje was casual gekleed, in een grijze hoodie. Hij was gedeeltelijk dichtgeritst, maar open genoeg om een rood I Love Music t-shirt eronder te onthullen. Haar zwarte jeans had muzieknoten op de zakken. Haar canvas lopers pasten bij het t-shirt.

Lia keek even naar het meisje voordat ze naar haar toe liep. Ze voelde zich een beetje geïntimideerd.

Alsof ze een beroemdheid ontmoette. In haar gedachten straalde Brandy stijl en coolheid uit.

Terwijl Lia dichterbij kwam, stelde ze zich voor dat ze op een dag beste maatjes zouden zijn. Ze zouden samen naar het winkelcentrum gaan. Samen kleren kopen. Misschien zou Brandy haar zelfs helpen met het kiezen van nieuwe, volledig Amerikaanse kleren.

"Waar staar je naar kind?" vroeg Brandy op een toon die niet erg vriendelijk of zusterlijk was. Toen sloeg ze met een volle zwaai Lia's handen weg.

"Dat is erg onbeleefd," riep Lia uit. "Heeft niemand je manieren geleerd?" Ze keerde het koele meisje de rug toe. Ze hield haar adem in, telde tot tien en draaide zich toen weer naar haar toe. "Rosalie zou zich voor je schamen."

"Ken je Rosalie?"

"Ja, ik ben Lia en ik kan je niet zien zonder mijn ogen, die in mijn handen zitten." Lia hief haar armen weer op.

"Wauw!" riep Brandy uit. "Ik dacht dat ik raar was, maar kind, ik bedoel, uh Lia, jij neemt het koekje." Ze stak haar handen in haar zakken. "Maar elke vriend van Rosalie is een vriend van mij."

"Uh, bedankt," zei Lia. "Kunnen we ergens heen om te praten?"

"Ik kan niet zeggen wat jij en ik gemeen hebben - behalve Rosalie," zei de tiener terwijl ze het karretje verder duwde en Lia achterliet.

Lia vocht tegen een snik, maar wist de woorden eruit te krijgen: "We hebben je hulp nodig omdat Rosalie dood is."

Brandy stopte en haalde diep adem terwijl er een traan over haar wang droop die ze wegveegde. "Volg me, kiddo." Ze liet het karretje inclusief alle spullen erin achter en ze liepen naar een kraampje net binnen het winkelcentrum en gingen zitten.

"Ik wil graag een glas water," zei Lia. "Geen ijs alsjeblieft."

"Kom op jongen, leef gevaarlijk. Ze wil een Root Beer Float - en maak daar maar twee van." Nadat de serveerster vertrokken was: "Je zult het heerlijk vinden, maak je geen zorgen. Nu, vertel me meer over waarom je hier bent en vertel me wat er gebeurd is met die lieve Rosalie."

"Ten eerste, wat heeft Rosalie je verteld over mij, over ons?"

"Niets. Ik wist wie ze was en ik wist dat ze over me waakte. Ik dacht eerst dat ze een engel was omdat ze tegen me kon praten in mijn hoofd, net als toen ik als klein kind bad. Toen realiseerde ik me dat ze een echt mens was, net als ik en nu is ze dood. Ik wil graag helpen om de mensen te pakken die haar vermoord hebben - als dat de reden is waarom je hier bent, dan doe ik mee. Grappig, ik denk dat ze nu een engel is, die nog steeds over me waakt."

"Ik ook," zei Lia. "Precies."

"Dus, hoe is het gebeurd?" vroeg Brandy. "Als het geen ongevoelig onderwerp is om naar te vragen. Ik vind het altijd het beste om te praten over de eigenaardigheden die ons maken tot wie we zijn. Ik heb mijn eigen eigenaardigheden, geloof me. Dat heeft iedereen.

"Mijn moeder zou me uitschelden omdat ik je zo'n persoonlijke vraag stel. Maar ik kom graag ter zake. Heb je altijd ogen op je handen gehad? Ik zou denken dat je wordt achtervolgd door journalisten en fotografen, mensen willen met je praten, je verhaal horen en vertellen om tijdschriften en kranten te verkopen."

"Oh," zei Lia, "de meeste mensen zijn meer geïnteresseerd in fictieve beroemdheden, zoals Harry Potter, dan in echte mensen. Als Harry Potter echt was, zouden mensen hem mijden of plagen. In zijn wereld was hij echter de held, dus werd zijn litteken een deel van zijn verhaal. Het maakte hem menselijker voor ons, zodat we ons met hem konden identificeren. Maar geen enkel kind wil opvallen, want in deze wereld worden verschillen niet altijd gewaardeerd.

"Het is grappig hoe we ons kunnen inleven in fictieve personages en de echte helden in ons dagelijks leven niet herkennen."

"Oh broer," zei Brandy, "je bent een beetje een zeur, nietwaar? Het is alsof je tegen een kind van twintig praat."

"Sorry," zei Lia. "Ik ging van zeven naar tien naar twaalf, in korte tijd. Ik kreeg geen tijd om me aan te passen."

"Dat geeft niet," zei Brandy. "En in principe ben ik het met je eens, jongen, maar sinds Reality Tv op tv is, zijn we geïnteresseerd in het leven van gewone mensen. Dat wil zeggen, gewone maar rijke mensen zoals de Kardashians. Ik kijk er niet naar, maar miljoenen mensen wel."

Hun drankjes kwamen aan. Brandy at eerst de kers bovenop die van haar en vroeg toen aan Lia of ze die van haar wilde. Toen Lia nee zei, tilde Brandy de kers op en propte hem recht in haar mond. "Neem een slokje. Als je het probeert, zul je het zeker lekker vinden."

Lia nam een grote slok door het rietje en haar gezicht lichtte op. "Het is echt lekker!" Daarna roerde ze met het rietje door het ijs terwijl ze nadacht over wat ze verder zou zeggen.

"Ik ben geboren met ogen die goed werkten. Maar door een ongeluk werd ik blind en toen ik wakker werd, had ik deze ogen en ik had ook wat ze het zicht noemen. Ik kan zien wat mensen denken, zo raakten Rosalie en ik voor het eerst aan de praat. Tijd is voor mij niet zoals voor ieder ander, maar ik heb al een tijdje geen jaren meer overgeslagen. Als de tijd verstrijkt, kan ik soms ook zien wat er met mij en met anderen gaat gebeuren, je weet wel in de toekomst."

"Wist je dat Rosalie zou sterven voordat het gebeurde?"

"Nee, dat heb ik niet. Het komt en gaat. Soms werkt het helemaal niet. Het is niet honderd procent betrouwbaar. Ik kan trouwens niet je gedachten lezen; voor het geval je het je afvraagt."

"Goed. Als je wist dat je mijn gedachten kon lezen, zou dat heel griezelig zijn," zei Brandy terwijl ze een grote slok nam die de bodem van de beker raakte en een "dat is alles mensen" geluid maakte. "Ik zou er graag nog een willen, maar dat doe ik niet," zei ze. "Het beste is om het met mate te doen, want als we onszelf de hele tijd trakteren op de dingen waarvan we denken dat we ze echt willen, dan zullen we ze minder waarderen."

"Heel verstandig," zei Lia. "Je mag de rest van mij hebben als je wilt."

"Het zou zonde zijn om het verloren te laten gaan."

De twee meisjes waren een tijdje stil tot Brandy's telefoon trilde. "Mijn moeder komt zo bij ons zitten."

"Hoe wist ze waar we waren?"

"Oké, ze heeft haar manieren, bijvoorbeeld een tracker op mijn telefoon."

"En je vindt het niet erg?"

Nee. Ik ben een paar keer verdwenen, maar kwam altijd terug naar het winkelcentrum. Meestal als ik ga, heeft ze geen idee. Totdat ik haar bel en vraag of ze me hier komt ophalen. Dat is meestal haar eerste aanwijzing, mijn sms of telefoontje. De app.

bespaart haar wel zorgen over mij. Ik denk dat het niet makkelijk is om een dochter te hebben die kan sterven en weer tot leven kan komen."

Brandy's moeder arriveerde en er werden introducties gemaakt. Ze vertelden haar over de verhalen van Rosalie en Lia en brachten haar op de hoogte van wat ze tot nu toe hadden besproken.

"Wat waren jullie van plan?" vroeg ze. "Je ziet eruit alsof je niets goeds van plan bent."

"Alleen het teveel aan suiker," zei Brandy grijnzend. "Lia wilde me net vertellen waar ze me voor nodig hebben."

"Dus, je hebt uitleg gegeven over je terugkerende situatie?"

"Kort. Daar was ik nog niet aan toegekomen mam, ze heeft me pas net verteld over het ongeluk en waarom haar ogen op haar handen zitten."

De serveerster kwam langs en Brandy's moeder bestelde een koffie. Ze kwam meteen terug met een mok die ze vulde. "Bijvullen is gratis," zei de serveerster. "Houd gewoon je mok omhoog als hij leeg is, en ik zal hem zo weer vullen."

"Dank je," zei Brandy's moeder.

"Ik zou er graag meer over horen," zei Lia terwijl ze haar haar achter haar oor streek. Ze hield van de manier waarop Brandy en haar moeder met elkaar omgingen. Ze waren ontzettend close; je kon het zien aan de manier waarop ze elkaar bleven aanraken. Hun verbondenheid deed haar terugdenken aan de tijd dat haar moeder 's nachts en in het weekend werkte en ze voor alles afhankelijk was van Hannah, haar kindermeisje. Het was anders nu ze hier waren en haar moeder getrouwd was met Sam, maar de nieuwe baby's leken wel veel van haar moeders tijd in beslag te nemen.

Brandy flapte eruit: "De eerste keer dat ik stierf, was ik klein. Het was in dit winkelcentrum. Het ene moment was ik dood, het volgende was ik weer levend. Zoals ik al eerder zei, ik eindig altijd hier. Zoveel hou ik van dit winkelcentrum."

"Dat is grappig," zei Lia.

"Ik hou van winkelen!"

"Dat doe je!" zei Brandy's moeder terwijl haar dochter de serveerster terugriep en om een glas ijswater vroeg.

"Maak daar maar twee glazen water van," zei Lia.

Omdat ze er al was, vulde de serveerster het kopje koffie van Brandy's moeder bij.

Lia vond dat het nu of nooit was - ze moest ter zake komen. Het werd al laat en Kleine Dorrit wachtte.

"E-Z, onze leider, zit in een rolstoel en hij kan mensen redden, zelfs vliegtuigen vol passagiers. Hij heeft superkracht en snelheid en zowel hij als zijn rolstoel hebben vleugels.

"Alfred is een trompetzwaan en hij heeft ESP, plus hij kan mensen en wezens weer tot leven wekken. Inclusief jou zijn er nog twee kinderen die we aan de groep toevoegen, plus E-Z's neef Charles - dus dan zijn we met z'n zevenen."

"Ah, gelukkige zeven," zei Brandy's moeder.

Lia vervolgde: "Nadat je alles hebt gehoord, als je ermee instemt om ons te helpen vechten tegen The Furies, zal je leven in gevaar zijn. Het zijn drie kwaadaardige zussen - godinnen - die Rosalie hebben vermoord."

"Kwaad, hè? Rosalie vermoorden was een laffe daad! Ze zou nooit een vlieg kwaad doen!" zei Brandy.

"Is deze informatie openbaar?" vroeg Brandy's moeder. "Het klinkt allemaal zo fictief."

"Waarom hebben ze dat gedaan?" vroeg Brandy. "Wat krijgen ze als ze een lieve oude vrouw als Rosalie vermoorden?"

"Ze gebruiken kinderen. Ze doden kinderen," zei Lia.

Zowel Brandy als haar moeder stopten met drinken.

"Het is moeilijk uit te leggen, maar ik zal mijn best doen. Als we sterven, zijn onze Zielen bestemd voor onze wachtende Zielenvangers - onze eeuwige rustplaats. Ieder van ons heeft zijn eigen unieke Zielenvanger - dus we kunnen nooit sterven. Onze zielen leven voort. Het is niet de hemel die we ons hadden voorgesteld, maar hij is echt en de Furiën vermoorden onschuldige kinderen en stoppen ze in Zielenvangers die aan andere mensen toebehoren.

"Toen Rosalie stierf, kon haar ziel nergens heen. Gelukkig konden onze vrienden Hadz en Reiki - het zijn wannabe-engelen - Rosalies ziel vangen. Ze houden het veilig totdat we de Furies elimineren en de dingen weer rechtzetten met alle Zielenvangers. Zodra we ze hebben geëlimineerd, nemen de aartsengelen het over en herstellen de rotzooi die ze hebben veroorzaakt. Alles zal weer normaal worden."

"Ik dacht dat aartsengelen slechteriken waren," zei Brandy. "Hoe weten we dat we ze kunnen vertrouwen? En waarom willen we ze helpen?"

"Dat is een grote vraag van jullie kinderen," zei Brandy's moeder.

"Het is een heel lang verhaal. Eentje die we je mettertijd kunnen vertellen. Maar nu moeten we terug naar het hoofdkwartier. Dat is ons huis. Als we allemaal onder hetzelfde dak zitten, kunnen we alles uitleggen en een plan bedenken."

"Ik doe mee," zei Brandy. "Je had me al toen je zei dat ze Rosalie hadden vermoord, maar nu ik weet dat ze ook onschuldige kinderen hebben vermoord, nou laat mij dan maar bij hen." Ze hief haar glas water en proostte met Lia.

"Wacht," zei Brandy's moeder, "als de aartsengelen dit ding niet kunnen verslaan, hoe kunnen ze dan verwachten dat jullie kinderen..."

"Mam," klopte Brandy op haar hand. "Ik ben niet zoals andere kinderen. Het klinkt alsof we een stelletje buitenbeentjes zijn, met speciale gaven en ik pas er helemaal bij. Het is niet verwonderlijk dat de aartsengelen ons vragen hen te helpen.

"Rosalie heeft ons allemaal bij elkaar gebracht, zodat we een team kunnen vormen. Als ze hier was, zou ze bij ons in het team zitten. Nu is ze bij ons in de geest. Samen zijn we een kracht om rekening mee te houden.

"Bovendien moeten we ervoor zorgen dat Rosalie haar eeuwige rustplaats terugkrijgt. Alles gebeurt met een reden, ben jij niet altijd degene die me dat vertelt?"

"En, wat gebeurt er nu?" vroeg haar moeder.

"We moeten samen zijn en het huis van E-Z is groot genoeg voor ons allemaal. De anderen en Charles Dickens - lang verhaal - zullen ons daar ontmoeten."

"Niet DE Charles Dickens?"

"De enige echte, maar hij is pas tien jaar oud. Hij arriveerde en werd ontdekt door twee Detectoristen in Londen, Engeland. Hij is niet voor niets teruggestuurd naar de aarde. Naast het feit dat hij en E-Z neven zijn. Hij is een van ons. Samen gaan we die zussen verslaan en de wereld weer goed maken."

"Laten we gaan!" zei Brandy. "Mam heeft mijn rugzak in de auto en alle benodigdheden zitten erin. Ik heb altijd een tas bij me voor het geval dat. Het is al een paar keer van pas gekomen. Ik neem aan dat het huis een wasmachine en een droger heeft? Oh, en een haardroger?"

"Ja, ja en ja," zei Lia, waarna ze floot.

Brandy en haar moeder bedekten haar oren. "Waar was dat goed voor?"

"Kom mee naar buiten, dan stel ik je voor aan mijn vriendin Little Dorrit - ze is een eenhoorn - en kun je tegelijkertijd je tas pakken." Ze liepen de deuren uit en ze wees naar de lucht, waar de eenhoorn aan kwam vliegen.

"Wacht even," zei Brandy, "gaan we door het land rijden op een eenhoorn?"

Brandy's moeder fronste haar wenkbrauwen. Ze voelde zich flauwvallen en haar benen werden spaghetti-achtig.

"Kom hier en aai haar," zei Lia. "Kleine Dorrit, dit zijn Brandy en haar moeder."

"Haar vacht is heerlijk zacht," zei Brandy's moeder.

"Wil je een lift naar je auto?" vroeg Dorrit.

"Nee, dank je," zei Brandy's moeder. Toen tegen haar dochter: "Ik weet niet hoe ik dit aan je vader moet uitleggen. Misschien moeten jullie allemaal met mij mee naar huis komen en dan leggen we het samen uit en beslissen we of jullie kunnen gaan..."

"Ik moet gaan," zei Brandy. "Het is mijn lot." Ze omhelsde haar moeder.

"Zou het helpen als je met mijn moeder sprak?" vroeg Lia, en zonder op antwoord te wachten belde ze haar snel op, legde de situatie uit en gaf haar telefoon door aan Brandy's moeder die met Samantha babbelde en vervolgens de telefoon teruggaf.

Voor ze het wisten vlogen ze met z'n drieën over de parkeerplaats, op zoek naar de auto met mensen beneden die toeterden, foto's maakten met hun telefoons en tegen elkaar botsten met auto's en karretjes.

"Daar is het," zei Brandy's moeder.

Kleine Dorrit landde, en ze gleed weg. "Wacht hier en ik pak de tas van mijn dochter."

Ze kwam terug en gooide het naar Brandy. "Bedankt voor de lift," zei ze tegen Little Dorrit. Tegen Brandy zei ze, "Brandy bel naar huis. Dagelijks. Net als E.T." Ze blies haar een kus toe. Toen tegen Lia: "Het was leuk je te ontmoeten."

"Jij ook," zei Lia terwijl de kleine Dorrit van de grond werd getild. "Maak je geen zorgen, we zorgen dat je dochter veilig is."

Brandy's moeder keek toe hoe ze wegvlogen, tot ze ze niet meer kon zien. Tegen die tijd hadden de nieuwsgierige parkeerders allemaal iets anders gevonden om naar te kijken, dus stapte ze in haar auto en begon ze naar huis te rijden.

Ze nam de lange weg naar huis. Ze moest nadenken hoe ze het allemaal aan Brandy's vader zou gaan uitleggen.

HOOFDSTUK ZES

HARUTO

Alfred wachtte aan de voorkant van het café tot de eigenaar, die een nieuwe klant verwachtte. Haruto's oma vergat te vertellen dat de klant een trompetzwaan was. Toen de eigenaar Alfred zag, nam hij hem mee naar een tafeltje helemaal achterin.

Alfred vond het niet erg om uit de weg te zijn. Sterker nog, hij gaf er de voorkeur aan omdat er een bordje stond dat aangaf dat er geen huisdieren mochten komen - niet dat zwanen in Japan of waar dan ook ter wereld als huisdieren werden beschouwd.

Terwijl hij rustig zat te wachten op Haruto's vader, maakte hij gebruik van de gratis WI-FI van het café en ontdekte hij een aantal coole dingen over de Japanse caféculturen. Zoals in Yokohama, waren er cafés voor kattenliefhebbers en een voor egels.

Een kwartier later kwam er een man het café binnen. Alfred wist meteen dat het Haruto's vader was, want hij liep snel naar zijn tafel toe.

"Naze watashitachiha daidokoro no chikaku ni iru nodesu ka?" vroeg hij aan de eigenaar van het café (wat vertaald betekent: waarom zijn we bij de keuken?").

"Kare wa hakuchōdakara!" zei de eigenaar voordat hij zich van de tafel verwijderde (wat vertaald betekent: Omdat hij een zwaan is!).

Toen hij een paar minuten later terugkwam met een dienblad vol Bubble Tea, zei de eigenaar: "Mōshiwakearimasen" (wat vertaald betekent: het spijt me).

"Ī nda yo," zei Haruto's vader met een glimlach (wat betekent: het is oké).

Alfreds thee werd geserveerd in een kom die groot genoeg was om zijn snavel in te steken. Zijn thee was ijskoud - een goede zaak, want hij wilde zijn tong niet verbranden of lang wachten tot het was afgekoeld.

"Domo arigato gozaimasu," zei Alfred (wat vertaald betekent: heel erg bedankt).

"Iie," antwoordde Haruto's vader (wat vertaald betekent: begin er niet over).

Ze zaten een tijdje stil en keken elkaar aan terwijl ze van hun thee nipten.

"Waarom ben je hier?" vroeg Haruto's vader abrupt. "Mijn vrouw is bang dat jullie onze zoon van ons af willen pakken, en jullie mogen hem niet hebben. Ja, we hebben hem gevonden, maar wij zijn de enige ouders die hij ooit heeft gekend."

"Whoa!" riep Alfred uit. "Er gebeurt niets, tenzij jij het wilt. Trouwens, het Engels van uw zoon is uitstekend," zei Alfred. "Net als dat van u."

"Vleierij zal je hier geen goed doen. Zoals ik al eerder zei, je krijgt mijn zoon niet."

"Als Haruto ons kon helpen, om de wereld te redden? Zou je dan nog steeds nee zeggen?"

"Haruto is nog maar een jongen. Jij bent een zwaan. Wat kunnen jongens en zwanen dat mannen niet kunnen? Je kunt hem niet krijgen." Hij sloeg zijn armen over elkaar.

"Wat als we de wereld niet kunnen redden zonder zijn hulp? Wat als hij ons wil helpen?"

"Haruto weet niets van het leven. Hij kan je niet helpen. Zoek de zoon van iemand anders, iemand die ouder is. Iemand die geboren is om de wereld te redden. Geen jongen. Niet mijn jongen, Haruto. Niet vandaag, morgen of ooit."

"Wat als we hem laten beslissen?" zei Alfred. "Nadat ik alles heb uitgelegd."

"Vertel me nu alles. En ik zal beslissen wat hij moet weten. Maar laat me je eerst vragen - waarom denk je dat een kleine jongen als mijn zoon je kan helpen?"

"We denken dat hij, net als de rest van ons, gaven heeft, unieke gaven. Hij is niet zoals andere kinderen, toch? Toen Rosalie het over hem had, was hij nog een baby. Is hij sneller verouderd dan andere kinderen?"

Haruto's vader schudde zijn hoofd. "Toen we hem vijf jaar geleden vonden, was hij een baby. Hij is gegroeid, zoals elk kind groeit."

"Oh, sorry. Rosalie had geen tijd om haar aantekeningen bij te werken of aan te vullen. Maar toch, wilt u niet dat uw zoon bij andere kinderen is die net als hij hoogbegaafd zijn? Hij zou een van ons zijn, geaccepteerd door ons. En we zouden zijn gaven eren en hem beschermen."

"Suggereer je dat ik mijn eigen zoon niet kan beschermen?"

"Nee, meneer. Dat zeg ik helemaal niet. Ik zeg alleen dat we hem nodig hebben en misschien, heel misschien, heeft hij ons nodig. Een jongen die alleen staat kan nooit zo sterk zijn als een jongen die deel uitmaakt van een team."

"Misschien is hij eenzaam. Misschien, maar hij is jong en daar groeit hij wel overheen." Haruto's vader bleef stil voordat hij vroeg: "Wat is je gave en wie is de vijand?"

"Ik heb genezende krachten, voor mensen en dieren - vooral de laatste. Ik kan gedachten lezen. Lia kan in de toekomst kijken. E-Z redt levens. Ik kan zieken genezen en gedachten lezen. We hebben zelfs een Superheldenwebsite, die ik je kan laten zien als je alles zelf wilt zien als bewijs."

"Ik heb jullie website al gezien," zei Haruto's vader. "Jullie staan bekend als *De Drie*. Zijn jullie drieën niet sterk genoeg om alle vijanden die jullie tegenkomen aan te kunnen? Hoe kan een kleine jongen als Haruto jullie helpen? Hij kan zich nauwelijks herinneren om zijn tanden te poetsen."

"Dat snap ik. Ik had ook een zoon toen ik mens was."

"Was je ooit een mens? Wat is er met je zoon gebeurd?"

"Zij stierven en ik werd een zwaan. Het is een lang gecompliceerd verhaal. Het belangrijkste is dat we tot voor kort niet wisten dat er nog andere kinderen waren. Het was Rosalie. Ze was een verbazingwekkende dame, die in haar geest met kinderen kon communiceren. Ze sprak met Lia, Haruto, Brandy en Lachie. Ze bracht iedereen samen en betaalde daar een hoge prijs voor. De Furies doodden haar toen ze hen geen informatie over de kinderen wilde geven. Zonder Rosalie zouden we niet weten dat de anderen bestonden en zouden we hier niet zijn om je zoon te beschermen of om zijn hulp te vragen bij het verslaan van die kwaadaardige zussen.

"Ik ben gestuurd om met Haruto te praten en uit te leggen waar we tegenover staan. Natuurlijk kan hij weigeren, jij kunt voor hem weigeren - maar zonder hem zijn we misschien niet in staat om de kwaadaardige godinnen die bekend staan als de Furies te overwinnen."

De eigenaar bood meer thee aan. Alfred weigerde, maar de handen van Haruto's vader trilden lichtjes toen hij zijn bijgevulde thee ophief en een slok nam.

"Is Haruto het jongste kind?"

Alfred knikte.

"Vertel me over de andere twee nieuwe rekruten."

"Brandy sterft en wordt herboren. Lachie kan spreken en begrepen worden door alle wezens."

"Deze Brandy wordt elke keer als zichzelf herboren?" vroeg Haruto's vader.

"Dat heb ik begrepen."

"Hoe oud is ze?"

"Dat weet ik niet zeker, maar ik geloof dat ze een tiener is. Waarom maakt dat uit?" vroeg Alfred.

"Omdat Brandy herhaaldelijk herboren wordt terwijl ze in de menselijke staat blijft, betekent dit dat ze vastzit in de Lerende fase. Daarom zal ze het goed doen met anderen die verder gevorderd zijn dan zij. Ze zal van hen leren en misschien zal het haar helpen om het volgende stadium te bereiken."

Alfred begreep het een beetje, maar zei niets.

"Mijn zoon zou Brandy's leven niet bevorderen, daarom sta ik niet toe dat hij deelneemt aan dit gevecht. Het spijt me dat ik uw tijd heb verspild."

"Nou, ik ben helemaal tot hier gekomen - dus wat kan het mij kwaad om met hem te praten, met jou, je vrouw en moeder erbij. Geef hem de keuze. Laat hem beslissen. Als het niet goed voor hem is, als je denkt dat hij te jong of onvoorbereid is - we zullen het begrijpen - maar laten we er in ieder geval met hem over praten. Kijk hoeveel hij kan begrijpen. Laat hem degene zijn die nee zegt - dan stap ik weer in het vliegtuig en zul je me nooit meer zien."

"Je bent een zwaan en je vliegt met een vliegtuig?" lachte hij luid. Andere cafégangers deden mee, hoewel ze geen idee hadden waarom hij lachte. Ze lachten omdat het geluid van Haruto's vaders lach aanstekelijk werkte.

"Vertel me wat je team van plan is en waarom. Dan zal ik beslissen. Als je mij kunt overtuigen, laat ik je misschien proberen Haruto te overtuigen."

"Als we sterven, verlaten onze zielen ons lichaam en gaan naar hun eeuwige rust in wat een Zielenvanger wordt genoemd. Ik weet dat dit anders is dan wat wij geloven, maar het is waar. De Furies hebben kinderen gedood - kinderen die computerspelletjes spelen - en stoppen hun zielen dan in zielenvangers die voor andere zielen bedoeld zijn. Als anderen sterven, kunnen hun zielen nergens heen."

Haruto's vader was even stil.

"Als hij dat wil, zal mijn zoon Haruto helpen. Hij zal je vertellen wat zijn talent is. Hij zal je vertellen wat hij wil dat je weet, en hij zal beslissen."

"Dank je," zei Alfred.

Ze stonden op, verlieten het café en gingen op weg naar Haruto's huis. Toen ze aankwamen, werd het diner meteen opgediend en werd iedereen op de hoogte gebracht van de missie.

"Wat gebeurt er met de andere zielen? Als ze nergens heen kunnen?" vroeg Haruto, terwijl hij zijn eetstokjes neerlegde en een slok water nam.

"Dat weten we niet zeker," antwoordde Alfred. Hij wierp een blik op Haruto's vader die knikte. "Maar Rosalie. Herinner je je Rosalie?"

"Ja, ik heb haar gekend en ik weet dat ze gestorven is," zei Haruto. Hij ging rechtop zitten, "Bedoel je dat haar ziel geen thuis heeft? Hoe kan ik haar helpen haar thuis te bereiken?"

"Ik ben blij dat je wilt helpen, Haruto," zei Alfred. "Rosalies ziel wordt veilig vastgehouden door twee wannabe-engelen die ons en E-Z in het verleden hebben geholpen. Dus voorlopig is alles goed met haar.

"Voordat ik meer uitleg, ben ik benieuwd naar je speciale krachten die je bezit?"

Haruto stond op, keek naar zijn vader, die knikte en toen zei. "Ik beweeg heel snel." En hij begon te draaien, sneller en sneller en sneller tot hij verdween.

"Whoa!" zei Alfred. "Je lijkt wel een verdwijnende versie van de Tasmaanse Duivel!"

"We krijgen er nooit genoeg van om hem in actie te zien," zei zijn moeder. Tot die opmerking was ze opvallend stil geweest. "Kom nu terug, kind," zei ze. "Kom terug."

Hij arriveerde op dezelfde manier als hij was verdwenen, alleen konden ze hem deze keer niet zien draaien tot hij weer tevoorschijn kwam. "Ik heb weer honger!" riep Haruto uit. En hij ging zitten, vulde zijn bord bij en at uitgelaten.

"Krijg je er altijd honger van?" vroeg Alfred.

"Altijd," zei Sobo terwijl ze haar kleinzoon meer eten aanbood. Hij knikte, te druk met eten om te antwoorden.

Nadat Haruto zijn buikje rond had gegeten legde Alfred uit hoe E-Z's zou dienen als hoofdkwartier van het team, oftewel de basis. Hij zocht naar de juiste woorden om hen te vertellen over het gevaar dat ze allemaal zouden lopen.

"Laat me zeggen, voor je akkoord gaat, dat de Furies kwaadaardige, afschuwelijke wezens zijn die kinderen straffen ook al hebben ze niets verkeerd gedaan. Ze hebben kinderen van het leven beroofd voor slechte gedachten, niet voor slechte daden en ze hebben zielenvangers van anderen gestolen. We moeten ze stoppen en alles weer rechtzetten. En het zijn extreem gevaarlijke en machtige godinnen."

Haruto's vader zei: "Ik verbied je om te gaan!"

"Maar vader, u hebt me geleerd dat mijn daden in dit leven doorwerken in het volgende. Daarom moet ik ja zeggen." Hij keek Alfred aan en zei: "Ik doe mee!"

"Haruto, als je vader en moeder willen we dat je slaagt - maar we willen dat je bij ons in de buurt bent, niet helemaal aan de andere kant van de wereld bij vreemden."

Haruto stond op van zijn stoel en sloeg zijn armen om de nek van zijn oma. De twee fluisterden heen en weer in het Japans zodat Alfred het niet kon verstaan.

"Sobo zegt dat ze me zal vergezellen, maar ze is bang dat haar tijd nabij is. Als ze sterft en niet in Japan is, hoe zal haar ziel dan de weg naar huis vinden?"

"Er werken aartsengelen en aartsengelhelpers met ons samen. Ze houden Rosalies ziel veilig en als er iets met je oma zou gebeuren, weet ik zeker dat ze haar ziel ook zouden beschermen. Totdat hun Zielenvangers klaar zijn."

"Ik ben zo trots op je," zei Sobo, "en het zal me een genoegen zijn om met je mee te vliegen. Ik ben blij om de rest van de superheldenkinderen te ontmoeten. Deze Sobo zal nog meer kleinkinderen krijgen." Ze omhelsde Haruto.

Haruto's vader en moeder deden mee. Het was een familieknuffel. Tranen drupten over Alfreds gezicht. Een zwaan die huilt is het droevigste op aarde.

Terwijl ze uit elkaar gingen, werd de vaat verzameld en klaargezet om af te wassen. Iedereen kreeg thee, behalve Haruto.

"Ik zet mijn tas klaar," zei hij. "Welterusten."

"Ik boek onze vluchten en laat je de details weten," zei Alfred.

Hij ging terug naar het hotel en boekte zijn vlucht. Daarna stuurde hij alle details naar Charles Dickens. Hij hoopte dat Charles hen kon ontmoeten op Heathrow Airport en dat ze samen naar E-Z zouden vliegen.

Na een vermoeiende dag sprong Alfred op zijn queensize bed. Hij prakte de kussens fijn en keek televisie tot hij uiteindelijk in slaap viel.

HOOFDSTUK ZEVEN

ONDERWEG

MET ALLE KINDEREN OP weg naar het huis van E-Z hing er een gevoel van energie dat hoop heette in de lucht. Die energie leek zich van de ene kant van de wereld naar de andere te verspreiden. Zozeer zelfs dat het de Furies bereikte.

De drie boze godinnen dansten rond het vuur dat ze in een ketel hadden gemaakt van de botten van de doden. Een veelkoppige vuurbal rees omhoog. Voor hun ogen verdeelde hij zich in drie vuurballen.

De godinnen vulden de vuurballen met meer energie, tot het leek alsof de boze bollen zouden ontploffen. Toen stuurden ze ze op pad om de hoop die in de harten van hun vijanden leefde te vinden en te verpletteren.

De eerste vuurbal ging naar buiten, naar de verste bestemming gericht om E-Z, Lachie en Baby te ontmoeten en te vernietigen. Het vurige object viel onderweg uiteen door zijn snelheid, tot het de grootte van een bowlingbal had. Het richtte zich op het nietsvermoedende trio waar het op af kwam.

Het waren de sensoren van E-Z's rolstoel die hem waarschuwden voor het naderende gevaar dankzij de upgrade van Hadz en Reiki. De GPS detecteerde een levenloos voorwerp dat snel bewoog en recht op hen af kwam.

"Er komt iets recht op ons af!" riep E-Z. "Laten we landen en uit de weg gaan."

"Righto," zei Lachie terwijl het trio zich liet vallen.

Maar de vlammende bal volgde hen, alsof hij een eigen tracker had. Hoe laag ze ook gingen, hij bleef ze achtervolgen.

Ze stopten, zweefden, gegroepeerd - onzeker of ze nu moesten landen, of dat ze moesten proberen het op een andere manier te slim af te zijn. Als ze landden en het ding volgde, zou het anderen kunnen doden of verwonden. Ze wilden niemand in gevaar brengen omdat het achter hen aanzat.

"Wat gaan we doen?" vroeg Lachie.

"Jij en Baby zoeken dekking, laat mij en mijn stoel het afhandelen."

"We laten je niet achter!" riep Lachie uit en Baby knikte.

"Oké, ga dan achter me staan," zei E-Z. Hij wist dat hij en zijn rolstoel kogelvrij waren, maar waren ze ook vuurbalbestendig? Daar zou hij achter komen, in 5, 4, 3, 2, 1.

Baby strekte zijn nek uit, liet een brul horen met zijn bek zo wijd mogelijk open - en de vuurbal ging er recht in. De ogen van de draak puilden uit en zijn lippen trilden terwijl hij het vurige beest in zich hield. Toen vloog hij weg, terwijl Lachie zijn nek stevig vasthield, ver en ver weg, op zoek naar een plek om zich te ontdoen van het ding dat hem van binnenuit in brand stak.

Eindelijk vonden ze de plek om hem veilig in zee te laten vallen. Baby opende zijn mond en het vloog eruit. Het ding stond nog steeds in brand en gleed over het water, alsof het vastbesloten was om in leven te blijven, maar uiteindelijk gaf het toe en bruiste toen het in de oceaan zonk.

"Ja!" riep E-Z. "Goed gedaan Baby!"

Baby en Lachie kwamen terug bij E-Z. "Wat is er gebeurd?"

"Baby was geweldig! Hij liet de vuurbal in zee vallen. Het is nu niets anders dan nog een rots."

"Bedankt, Baby," zei E-Z. "Dat was een beetje te dichtbij."

"Mee eens. En Baby verdient een traktatie. Iets cools voor zijn keel."

"Wat Baby maar wil," zei E-Z. "Laten we naar beneden gaan en even pauzeren voordat we verdergaan."

Lachie omhelsde Baby's nek en daar gingen ze om hun eerste en hopelijk laatste ontmoeting met een gekke vuurbal van zich af te schudden.

"Denk je dat het de Furies waren?" vroeg Lachie.

"Ik denk niet dat ze van ons afweten. Ik bedoel, ze weten dat we bestaan, maar niet specifiek."

"Dat ding richtte zich op ons. Probeerde ons te vermoorden. Wie anders zou ons dood willen?"

"Je hebt gelijk, het kwam recht op ons af. Waarschijnlijk gewoon toeval. Hoop ik."

"Moeten we de anderen niet waarschuwen?"

E-Z keek op zijn telefoon. Hij had nul streepjes. "Mijn team kan zichzelf wel redden en ik wil ze niet bang maken. Laten we hopen dat het eenmalig is."

✱✱✱

DE FURIES STUURDEN EEN tweede vlammende schijf in de richting van Yokohama. Het vliegtuig van Alfred en Haruto stond al op de startbaan klaar om op te stijgen.

De vuurbal vloog naar hen toe, maar koos een ongelukkige route - langs de 59 ft. grote robot die zijn arm uitstrekte, hem ving en vervolgens verpletterde. As brandde neer op het platform eronder.

Op het vliegveld steeg het vliegtuig van Alfred en Haruto veilig op en het tweetal wist niet dat ze het doelwit waren.

✳✳✳

DE DERDE EN LAATSTE vlammende bal ging richting Phoenix, Arizona. Hij vloog rond en rond, urenlang op zoek naar zijn doel, maar kon het niet vinden.

Little Dorrit was een uitzonderlijke eenhoorn, met een anti-opsporingsschild dat altijd klaar stond. De bescherming van haar passagiers was tenslotte de belangrijkste taak van Little Dorrit.

Nadat hij doelloos had rondgevlogen, werd de vlammende bal groter in plaats van kleiner, totdat hij de grootte van een komeet had. Toen keerde hij terug naar zijn rechtmatige eigenaars - de Furies.

Het vlammende object, dat geen vriend van vijand kon onderscheiden, joeg de krijsende Furies urenlang door Death Valley. Ze renden voor hun leven totdat Tisi een spreuk toverde.

Eerst stopte de bal in de lucht en de drie godinnen keken tevreden toe hoe hij in de ketel viel en bedekt werd met paddenstoelenstoofpot.

Alli vloog erop af en klemde het deksel vast.

Toen gooiden The Furies hun hoofden naar achteren en lachten ze terwijl ze dansten en zongen en lachten.

Totdat er in de ketel een knallend geluid klonk. Als popcornkorrels die opwarmden. De geluiden werden luider naarmate het deksel van de ketel van binnenuit werd ingedeukt en uiteindelijk genoeg omhoog kwam zodat de pasgeboren vuurballen konden ontsnappen.

De kleine vuurballen, die nergens heen konden, richtten zich op de Furies en achtervolgden hen, terwijl ze één voor één uitdoofden.

Gezongen, uitgeput en geïrriteerd riepen de drie godinnen Eriel om hulp, maar deze keer gaf hij geen antwoord.

✳✳✳

TERWIJL HIJ IN ZIJN eentje door de lucht vloog, omdat Lachie en Baby langzamer reisden door Baby's bijwerkingen van het inslikken van de vuurbal, evalueerde E-Z zijn team. Een paar keer kreeg hij sms'jes die bevestigden dat ze ook aan hem dachten.

Lia stuurde een bericht dat Brandy's krachten bevestigde en Alfred had hetzelfde gedaan met betrekking tot Haruto's vaardigheden.

E-Z had hen niet op zijn beurt de krachten van Lachie verteld. In plaats daarvan wilde hij de dingen doornemen om te zien hoe hij en zijn team van zeven (inclusief Charles) het zouden doen tegen de drie machtige, maar kwaadaardige godinnen.

In gedachten maakte hij een inventaris op van de troeven van zijn team:

Ik kan vliegen, mijn stoel ook. We zijn kogelvrij en ik ben supersterk. Ik ben een goede leider, ik ben slim en ik heb een sterk inlevingsvermogen.

Lia is aanstekelijk, empathisch, vriendelijk, slim en ze kan gedachten lezen en in de toekomst kijken.

Alfred is sterk van geest, intelligent en als oudste lid wijs met de jaren. Hij is empathisch, kan soms gedachten lezen en kan zieken genezen.

Lachie communiceert met wezens. Hij is een eenling, maar dat is niet zijn schuld. Hij is empathisch, intelligent. Hij weet hoe hij tegen alle verwachtingen in moet overleven en zijn camouflage komt hem goed van pas.

Haruto is de jongste, maar hij is een overlever. Hij kan zichzelf onzichtbaar maken.

Brandy is gestorven - meerdere keren - en weer tot leven gekomen. Ze is zeker een overlever.

Last but not least is er Charles Dickens. Zijn capaciteiten zijn onbekend. Maar hij is slim, empathisch en hij kan zich goed aanpassen.

Toen hij genoeg tralies had, zocht hij met zijn telefoon op internet naar historische documenten om uit te zoeken welke vaardigheden de Furies in huis zouden hebben:

Bovenmenselijke kracht.

Uithoudingsvermogen inclusief hoge pijntolerantie.

Vitaliteit.

Spinachtige behendigheid.

Weerstand tegen verwondingen en supersnelle helende krachten.

Vlucht.

Shapeshifting - in de vorm van een ander persoon.

Onzichtbaarheid.

Ze konden hun slachtoffers pijn doen.

Meg kan parasieten afscheiden. BAH.

Wacht eens even, er staat dat de Furies in het verleden gerechtigheid vertegenwoordigden. Er staat dat ze in het verleden alleen de slechten en schuldigen kwaad deden... dat de goeden en onschuldigen niets te vrezen hadden. Wat is er dan veranderd? Waarom vonden ze het nodig om onschuldige kinderen te doden en gebruikten ze daarvoor een spelletje?

Hij las verder en vroeg zich af hoe ze de kinderen precies om het leven brachten. Volgens de legende deden de Furiën de boosdoeners nooit fysiek pijn. In plaats daarvan gebruikten ze schuldgevoel - om ze gek te maken.

Hij dacht terug aan de jongen die had geprobeerd hem neer te schieten. Ze hadden hem ervan overtuigd dat als hij niet deed wat ze zeiden, ze zijn familie iets zouden aandoen. Hij vroeg zich af waar die jongen nu was. Zat hij in één van de Zielenvangers?

Hij zocht verder om uit te vinden of de Furies in staat waren tot barmhartigheid en kon daar geen bewijs voor vinden.

Hij voegde iets aan de lijst toe wat ze al wisten: de Furies waren sterfelijk. Dat was één ding dat hij en de boze godinnen gemeen hadden en hij en zijn team zouden een manier moeten vinden om dat in hun voordeel te gebruiken.

Lachie en Baby haalden E-Z in.

"Hoe gaat het met Baby?" vroeg hij.

"Het gaat nu beter met hem," antwoordde Lachie.

Baby gooide zijn hoofd naar achteren, liet een brul horen en snelde vooruit.

"Wacht op mij!" riep E-Z.

HOOFDSTUK ACHT

DE BONTJES

ET HET SMERIGE GEVOEL van hoop dat nog steeds in de lucht hing, wachtten de Furies. Ze hadden hun verschroeide kleren gerepareerd en hun verbrande haren geknipt. Gelukkig bleven de slangen ongedeerd. Om zichzelf toonbaar te maken voor de komst van hun toekomstige gast.

Hij was hun weldoener. Degene die hen terug naar de aarde had gebracht. Hij stelde voor dat ze zich zouden vestigen in het onvindbare hart van Death Valley.

Voordat de vuurbal uitbrak, hadden ze tekenen gezien. Tekenen dat alles zich nu tegen hen keerde. Verandering was goed, maar alleen als ze er controle over hadden. Hun tijd was gekomen. Ze moesten er klaar voor zijn. De dingen waren in hun voordeel aan het keren. Ze hoefden er alleen maar op te wachten. En dan klaar zijn om toe te slaan.

"Eriel," siste Meg.

De aartsengel, hun geliefde leider, was eindelijk aangekomen.

"Wat is het laatste nieuws?" vroeg Tisi. "We walgen van al die hoop in de lucht."

"Ja, dit hoopgedoe maakt ons depressief" zongen Tisi en Allie terwijl ze rond het brandende vuur dansten.

Hij keek naar hen, naakt dansend als fanfares. Hun zwepen knarsten, terwijl de slangen die ze als armen en haar hadden slingerden en willekeurig spuwden.

Eriel daalde als een zwarte wolk op hen neer, landde en vouwde toen zijn vleugels dicht. Door zijn enorme gestalte leken de Furies net poppen. Hij stond met zijn handen op zijn heupen en ging toen op één knie zitten om op gelijke hoogte met hen te komen. Het was zijn manier om zich tot hun niveau te verlagen en tegelijkertijd boven hen te blijven. Hij wilde dat ze wisten dat ze voor hem werkten en niet andersom. Hij was het beu om dit aan de zussen te blijven benadrukken, maar toch vreesde hij dat het de enige manier was om ze in het gareel te houden.

"Er is geen hoop - niet nu we samenwerken," zei Eriel. "En niet lachen. Nou, ik denk dat je wel kunt lachen. Dat deed ik ook toen ik voor het eerst hoorde dat ze een team kinderen sturen om je te vermoorden."

De Furies waren hysterisch. Hun stemmen galmden door Death Valley en joegen alle vogels weg.

"Die idioten!" zei Meg.

"We eten die kinderen op, als ontbijt, lunch en avondeten," zei Tisi terwijl ze haar lippen aflikte.

"We eten geen kinderen," zei Alli. "Maar je bent grappig, zus. Het enige wat we willen is hun ziel. En ik kan me niet herinneren WAAROM we ze willen. Leg het nog eens uit lieve zus."

Meg zei: "We doen wat Eriel wil. Hij wil de Zielenvangers en wij halen ze voor hem. Als we aan zijn eisen hebben voldaan, zijn we weer Dochters van Nyx - de Edelmoedigen - en heersen we over de nacht en doen we wat we willen."

"Als ik dan een van de kinderen wil proeven - dan kan dat toch?" vroeg Tisi. "Ik heb me altijd al afgevraagd hoe ze zouden smaken." Ze rolde met haar ogen en snoof de lucht op. De slang op haar hoofd sprong naar hem toe.

Eriel spotte. "Dit zijn geen gewone kinderen, zoals degene die je in het spel stalkt. Dit zijn begaafde kinderen, met krachten en gaven. Toch zal ik je op de hoogte houden, en je zult mijn hulp nodig hebben."

"Jullie hulp? Om kinderen te verslaan, louter baby's?!" lachte het drietal, en ze fladderden rond terwijl ze zich van de grond verhieven met hun krachtige vleermuisvleugels. "We verslaan ze voordat ze toeslaan." De slangen sisten en spuwden instemmend.

"Zoals we deden in de witte kamer. Zoals we deden met hun vriendin Rosalie. Ze wilde ons niet vertellen wie er voor ons werd gestuurd. We wilden het weten en waren het zat om te wachten tot jij het ons zou vertellen. Dus hebben we haar eruit gehaald," zei Meg.

"Ja, en je gaf het spel bijna weg! Ook jammer dat je haar ziel niet hebt opgeschept en in een Zielenvanger hebt gestopt," zei Eriel. "Nu zijn er losse eindjes. Losse eindjes kunnen aanknopingspunten worden voor degenen die ernaar zoeken."

Ze keken omhoog in de lucht en zagen een streep kleuren als een regenboog die zich uitstrekte van de ene kant naar de andere. Alleen was het geen regenboog, het was energie. De energie van degenen die de aartsengelen hadden gerekruteerd om te doen wat zij zelf niet konden.

"We weten dat ze komen - en ze maken geen schijn van kans tegen ons!" gilde Tisi.

Nou, het is ze gelukt om die infantiele vuurballen die jullie stuurden te verslaan!" riep Eriel uit. "Zo'n slechte en amateuristische poging als het was! Ik schaamde me dat ik met je samenwerkte! Maar goed dat niemand van onze connectie afweet."

Met gebalde vuisten en tanden gingen The Furies niet verder totdat Alli het ijs brak.

"Zusters, zijn mening over ons doet er niet toe. We hebben ons best gedaan. Het was het proberen waard. Bovendien hebben we al genoeg zielen tot onze beschikking." Ze roerde in de pot, nipte wat soep op een pollepel en spuugde het vervolgens uit. "Te veel zout," zei ze. Ze voegde water toe, toen wilde paddenstoelen en wat krieltjes. "En we verzamelen elke dag meer kinderzieltjes. Ik ben het beu om hier te wachten tot de kiddy superhelden naar ons komen. Dat ze zich organiseren. Als ze allemaal samen zijn, waarom vermoorden we ze dan niet gewoon?"

"Zuster, u moet geduld hebben."

"Ik ben het zat om geduldig te zijn. Ik ben moe van - ik ben gewoon moe," zei Alli. Ze roerde en nadat ze er een paar wilde kruiden en specerijen doorheen had gegooid, proefde ze de soep en die was goed. "Het avondeten is klaar," zei ze.

"Je zult geduldig zijn en niet handelen - tenzij ik zeg dat je moet handelen. Dit is mijn spel en ik heb jullie uitgenodigd om mee te spelen. Zonder mij zijn jullie gewoon drie nutteloze godinnen die de rest van jullie leven wegslapen." Hij schopte met zijn laars tegen het zand. "En het is echt jammer dat jullie mensenvoedsel moeten eten. Nogal een achteruitgang - aangezien jullie nu voedsel nodig hebben om te overleven. Wanneer ik over de aarde heers en alle Zielenvangers hier verblijven, druk ik op **AARDEPauze.** Ik zal over de aarde heersen en als je het spel goed speelt. Als je doet wat ik je vraag, zul je aan mijn zijde staan. Delen in de winst. Als je tegen me ingaat, zul je tot stof wederkeren."

Nadat hij het woord stof had uitgesproken, opende hij zijn armen en vleugels, steeg van de grond en verdween.

De Furies zongen samen terwijl ze van hun soep nipten. De slangen, die de meeste honger hadden, likten de soep op en hoewel ze de pot hadden schoongemaakt, wilden ze nog steeds meer.

"Nu hij weg is," zei Meg, "laten we het over ons eigen eindspel hebben."

Tisi en Alli kakelden.

"Eriel gelooft dat hij ons zal herstellen in onze Goddelijke staat, maar we laten die aartsengel de aarde niet overnemen. Wie zegt dat hij ons niet in het stof achterlaat als wij al het werk hebben gedaan? Aartsengelen houden zich niet altijd aan hun beloften. Wij hoeven die van ons ook niet na te komen, toch zusters?"

"Wie denkt hij wel dat hij is, De Uitverkorene?" vroeg Alli.

Meg lachte. "Hij is door niets en niemand gekozen - maar we hebben hem nog steeds nodig."

"Ja," zei Tisi. "Zijn eigendunk is zijn gebrek." Ze verlaagde haar stem tot een fluistering: "Elke keer dat hij spreekt, verzwakt hij zichzelf. Elke keer dat hij de andere aartsengelen verraadt, geeft hij een beetje meer van zijn macht weg."

Opnieuw braken de zussen in gezang uit:

"Bloed van gerekruteerde kinderen zal de soep van morgen zijn.

Nadat we gesupt hebben, gaan we plezier maken met een hoelahoep".

Meg nam het lied over,

"Baby's, kinderen boze kleintjes en zo schuldig als wat

We gaan er met hun hoofden vandoor als we al het geluk hebben!"

Alli zong,

"Dochters van de duisternis vs kinderen die geen idee hebben.

De hemel zal met bloed regenen voordat we klaar zijn!"

Ze kakelden en sisten, knipten met hun zwepen en dansten terwijl de maan steeds hoger aan de hemel stond. Uitgeput vielen ze op de grond en sliepen in het vuil. De slangen gaven de voorkeur aan deze houding - en sliepen ook - in plaats van de hele nacht te sissen en rond te lopen.

"Welterusten zusters," zeiden ze in rondjes, net zoals ze de mensen zagen doen in The Walton's op televisie via hun satellietschotel. Het was een van hun favoriete programma's. "En morgenochtend bekijken we het plan opnieuw."

HOOFDSTUK NEGEN

PAFHS9

ET WAS EEN WEDSTRIJD voor Sam en Samantha, die afwachtten welke groep kinderen als eerste terug zou komen. De winnaar zou een maand lang elke avond opstaan met een tweeling, dus er stond veel op het spel.

Sam koos E-Z, Lia en daarna Alfred. Samantha koos Alfred, E-Z en daarna Lia.

"Maar E-Z is in Australië," grapte Samantha. "Je gaat zo verliezen. Ik zal aan je denken - NIET - als ik een maand lang de hele nacht door slaap."

"Je hebt Alfred uitgekozen en hij vliegt met een vliegtuig! Je weet hoe ze altijd overboeken en zich zelden aan hun schema's houden. E-Z kan komen en gaan wanneer hij wil en zijn rolstoel reist verbazingwekkend snel! Ik ga echt winnen en ik ben er zo zeker van dat ik de weddenschap zal verzoeten en er zes maanden van zal maken. Ben je bereid om de weddenschap te verhogen?"

Samantha overwoog dit nieuwe aanbod. Weddenschappen als deze konden een huwelijk schaden, en ze hadden al een slaaptekort met allebei elke nacht wakker worden om voor de tweeling te zorgen. Ze omhelsde hem: "Laten we het simpel houden. Eén maand."

"Kip," zei Sam terwijl hij zijn armen om zijn vrouw sloeg. Hij kuste haar op haar voorhoofd terwijl Jill een kreet slaakte waar Jack zich al snel bij aansloot. "Ik ga wel," zei hij.

"Laten we samen gaan," zei Samantha, terwijl ze de hand van haar man in de hare nam.

Kleine Dorrit vloog op topsnelheid terug.

"Kunnen we niet naar beneden gaan om wat te drinken?" vroeg Brandy.

"Gewoon nee," zei Kleine Dorrit.

"Kom op," zei Lia, "het duurt maar een paar minuten."

"Ik wil je niet bang maken," zei Dorritje, "maar ik krijg een slecht gevoel en ik wil dat we zo snel mogelijk weggaan."

"Oké," vonden de twee meisjes.

Lia was bijna thuis en stuurde Samantha een sms om te zeggen dat ze over een paar minuten thuis zouden zijn.

"Ah, we hadden het allebei mis!" zei ze.

"Maar een van ons moet nog steeds elke nacht opstaan met de tweeling," zei Sam.

"We doen het om de beurt," zei Samantha, terwijl zij en Sam, nu de tweeling weer was gaan slapen, de tuin in gingen. Al snel zag ze kleine Dorrit landen.

Lia en Brandy stapten uit.

"Dat was echt cool," zei Brandy. "Bedankt, Dorritje." Ze omhelsde de eenhoorn die antwoordde: "Graag gedaan."

"Ja, bedankt dat je voor ons gezorgd hebt," zei Lia.

"Op jou passen, waren er problemen?" vroeg Sam.

"Niets dat ik niet aankon," zei Dorritje. "Nu, als je me een tijdje niet nodig hebt, zou ik graag wat water en een snack halen."

"Ga je gang," zei Sam, "en bedankt voor het oppassen op onze meisjes."

Kleine Dorrit knipoogde naar Sam, ging er toen vandoor en was al snel uit het zicht verdwenen.

Na de kennismaking met Sam en Samantha belde Brandy naar huis om haar moeder te laten weten dat ze veilig waren aangekomen.

Een paar uur later arriveerden Alfred, Charles, Haruto en zijn oma. Net als eerder werden er introducties gemaakt, met Brandy en Lia erbij.

"Jij kunt niet DE Charles Dickens zijn," zei Brandy met opgetrokken wenkbrauwen. "En je bent nog maar een kind, net uit de luiers," zei ze tegen Haruto die als antwoord zichzelf onzichtbaar draaide.

"Oeps!" riep Brandy uit. "En jij, jij bent een grote gevederde zwaan! Hoe ga jij ons helpen De Furies te verslaan!"

"Ten eerste," begon Alfred, "ben je veel onbeleefder dan je zou moeten zijn. Zelfs een onbeschaafde zwaan als ik heeft manieren."

"Anata wa gakidesu!" zei Haruto's oma, wat vertaald "Je bent een snotaap!" betekent.

Er klonk een gegiechel van de onzichtbare Haruto.

Lia kwam tussenbeide en verontschuldigde zich, "Ik zal het haar vertellen. Ze is cool. Geef haar gewoon wat tijd om zich in te werken," zei ze. "Ik wist niet tot daarnet toen ik het zelf zag wat Haruto allemaal kon." Tegen het jongetje zei ze: "Kom terug, Haruto, alsjeblieft. Ze wilde je niet kwetsen."

"Sorry," zei Brandy met haar ogen naar de grond gericht.

Haruto keerde terug, in en uit vallend. Hij stond met zijn arm om zijn oma's middel. Alfred en Charles schoven dichter naar hen toe.

"We komen net uit het vliegtuig en we zijn moe - dus we gaan ons even opfrissen. Als we terugkomen, verwacht ik dat je haar een riem omdoet, of een stuk duct tape over haar mond. Of leer haar wat manieren," zei hij en liep toen met de andere twee op sleeptouw door de gang.

"Wauw!" zei Brandy. "Gewoon WOW! Ik zei dat het me speet."

"Nee, hij had gelijk," zei Lia.

Samantha zei: "Je bent nu in ons huis en we willen niet dat je onbeleefd bent tegen iemand."

Sam vouwde zijn armen over zijn borst, net toen de tweeling weer begon te jammeren.

"Ze zullen wel honger hebben. Maak je geen zorgen, ik red me wel," zei Samantha, maar voordat ze wegging, keek ze Brandy aan.

"Brandy, je bent op een vreemde plek, waar je nog niemand anders kent dan Lia en Kleine Dorrit," zei Sam. "Als je deel wilt uitmaken van dit team, om De Furies te verslaan - dan moet je samenwerken. Je teamgenoten beledigen is geen effectieve manier om te beginnen. Ik stel voor dat je je nogmaals verontschuldigt alsof je het meent als ze terugkomen en vraagt of je opnieuw mag beginnen."

Brandy's ogen waren gevuld met tranen, "Ik was gewoon verrast om de andere teamleden te zien met wie ik zal samenwerken. Maar je hebt gelijk, ik zal me nogmaals verontschuldigen en om een nieuwe kans vragen. Ik hoop dat ze me zullen vergeven. Mam zegt altijd dat ik te openhartig ben voor mijn eigen bestwil."

Lia glimlachte. "Je zult Alfred geweldig vinden als je hem eenmaal leert kennen. Dit is ook de eerste keer dat ik Charles persoonlijk ontmoet. Charles zit in een vreemde situatie. Toen hij tien jaar oud was, was het in 1822. Denk daar maar eens over na. En het is ook de eerste keer dat ik Haruto en zijn oma ontmoet."

"Dat is gek! James Monroe was toen president - en hij was onze vijfde president!" gilde Brandy. Ze gaf Lia een zacht elleboogje, "Mama en papa zouden super onder de indruk zijn dat ik die informatie nog wist! En de jongen, ik bedoel Haruto, nou hij lijkt veel te jong om zijn leven op het spel te zetten."

Lia lachte en Sam deed mee. Toen hij hoorde dat zijn vrouw hem riep om te helpen met de tweeling, haastte hij zich de kamer uit.

Charles antwoordde: "George IV zat op de troon toen ik hier de vorige keer was. Ik hoef me tenminste geen zorgen te maken dat ik volgend jaar terug moet naar het werkhuis," zei hij met een glimlach die snel vervaagde.

Lia slaakte een onvrijwillige kreet, terwijl Brandy in tranen uitbarstte en zei: "Het spijt me zo, Charles."

"Ah, dus je hebt gehoord over werkhuizen," zei hij. "Maar ik ben hier en ik heb het overleefd en blijkbaar heb ik mijn ervaring gebruikt om te schrijven over personages als Oliver Twist en Little Dorrit, om er twee te noemen. Ja, ik heb over mezelf gelezen op het internet en ik moet je zeggen dat ik zelfs indruk op mezelf heb gemaakt."

"Je hebt kleine Dorrit de Eenhoorn nog niet ontmoet," zei Lia. "Ze is even weg voor een verfrissing, maar ze komt zo terug."

"Wie?" vroeg Charles.

Op het juiste moment verscheen Little Dorrit weer boven hun hoofden en maakte een snelle landing.

"Little Dorrit, dit is Charles Dickens. Charles, dit is Kleine Dorrit," zei Lia.

Charles was sprakeloos toen de vriendelijke eenhoorn tegen hem aan neuzelde. "Ik had in geen miljoen jaar durven dromen dat ik een eenhoorn zou ontmoeten."

"Aangenaam kennis te maken, Charles," zei Dorritje.

Charles snakte naar adem, "En nog een slim pratende ook!" Hij had een miljoen vragen voor haar, maar die zouden moeten wachten omdat E-Z, Lachie en Baby in de lucht aan het landen waren. "Ben ik wakker of droom ik?" vroeg Charles. "Knijp me, dan weet ik het zeker."

Zodra Baby geland was en Lachie was afgestapt, werden er introducties gemaakt en haastte E-Z zich naar binnen om naar het toilet te gaan. Toen hij terugkwam, kwamen Sam en Samantha met de tweeling op sleeptouw, Haruto en Alfred erbij.

"De bende is er allemaal," zei Alfred.

"Kan ik met jou en Haruto praten," vroeg Brandy. Toen ze knikten, zei ze: "Het spijt me heel erg. Vergeef me alsjeblieft voor mijn onbeleefdheid en geef me een tweede kans." Ze keek naar haar voeten.

"Laten we opnieuw beginnen," zei Alfred.

"Saikai suru," zei Haruto en vertaalde toen, "Wat hij zei."

"Anata wa yurusa rete imasu," zei Haruto's oma, wat vertaald betekent: "Je bent vergeven."

Baby en Kleine Dorrit die naast elkaar stonden was een heel vreemd gezicht om te zien. Kleine Dorrit was niet klein, ze was een eenhoorn die meer dan 2 meter lang was, terwijl Baby geen baby was, want hij was meer dan 2 meter lang.

"Uh, ik denk dat jullie twee - verwijzend naar Baby en Little Dorrit - ergens anders moeten gaan slapen, want de tuin zal niet groot genoeg zijn voor jullie twee," zei E-Z.

Kleine Dorrit zei, "Ik weet een plek waar we iets lekkers kunnen eten en ook wat water."

"Klinkt goed," zei Baby.

Haruto's oma klopte de baby op het hoofd en vroeg: "Josha wa dodesu ka?", wat vertaald betekent: "Wat dacht je van een ritje?".

Baby zei: "Tashika ni, tobinotte!", wat vertaald betekent: "Natuurlijk, spring erop!".

Haruto rende erheen en zei, "Matte watashi o wasurenaide!" wat vertaald betekent, "Wacht, vergeet me niet!"

Baby liet zich zakken zodat Haruto en zijn oma op zijn rug konden klimmen. Ze vlogen weg, met kleine Dorrit op de hielen.

Sam zei: "Ik denk dat iedereen zich moet installeren en dat jullie morgen naar hartenlust kunnen praten en plannen maken."

"Goed idee," zei E-Z terwijl Baby Haruto en zijn oma afzette. Sobo's haar stond overeind alsof ze haar vinger in een stopcontact had gestoken.

Terwijl Haruto's oma sprakeloos was, leidde Samantha haar naar haar kamer. "Haruto slaapt in mijn kamer," zei ze.

"Natuurlijk, ik ben zo terug." Ze liep door de gang naar de kamer van E-Z.

"Hoe was het?" vroeg E-Z aan Haruto.

"Subarashi!" riep hij uit, wat vertaald "Fantastisch!" betekent.

"We hebben vandaag een kinderbedje en wat stapelbedden laten bezorgen," zei Sam, "dus Haruto, Charles en Lachie, jullie zitten bij E-Z en Alfred in hun kamer. Alfred slaapt aan het einde van E-Z's bed."

"Bedankt," zei E-Z terwijl ze naar zijn kamer liepen. "Oh, trouwens," zei hij toen ze alleen waren, "heeft iemand van jullie problemen gehad op de terugweg?"

Alfred zei van niet.

"En jij, Lia?" vroeg hij in gedachten.

"Nee."

"En, wat is er gebeurd?" vroeg Alfred.

"Nou, we hadden een vlammende vuurbal op ons spoor."

Lia hijgde.

"Maar dankzij Baby's snelle denken werd het vernietigd."

"Hoe heeft hij het kunnen vernietigen?" vroeg Alfred.

"Baby slikte het in en liet het in de oceaan vallen."

"Dat is eng," zei Haruto.

"Ik maak me nog steeds een beetje zorgen over Baby," zei E-Z, "want op de terugweg merkte ik dat hij een paar keer hoestte en niesde."

Lachie zei: "Er vlogen zelfs vonken uit zijn mond en neusgaten. Hij zegt dat hij in orde is, maar ik hou hem goed in de gaten."

"We kunnen hem niet echt naar de dierenarts brengen, toch?" zei Alfred.

Haruto lachte en lachte.

"Wat is er zo grappig?" vroeg E-Z.

"Hyoryu Doragon," zei hij. "Hyoryu Doragon!" - wat vertaald kan worden als drakendierenarts - en hij bulderde weer van het lachen.

Alfred en E-Z haalden hun schouders op, net als Charles, die van onderwerp veranderde door te vragen of de anderen vonden dat ze een nieuwe naam voor hun team moesten verzinnen omdat ze nu met z'n zevenen waren in plaats van met z'n drieën.

"Misschien," zei E-Z.

"Wat zijn onze belangrijkste kenmerken?" vroeg Charles.

"Beloof het," stelde Haruto voor, toen hij gekalmeerd was en niet meer lachte.

"Aspiratie," zei Charles.

"Geloof," zei E-Z.

"Hoop," zei Alfred.

Samantha luisterde een paar minuten buiten de deur. Het klonk allemaal vriendelijk, dus ging ze terug om met Haruto's oma te praten.

"Haruto is zich aan het installeren bij de andere jongens en ze zijn aan het kletsen. Je kunt hem morgen hierheen verhuizen als je wilt. Hij heeft zijn eigen bedje. Ze waren een nieuwe naam aan het bedenken voor hun superheldenteam - dus ik wilde hun brainstormsessie niet verstoren."

Haruto's oma knikte, "Dank je."

Lia en Brandy waren nu betrokken bij het gesprek van kamer tot kamer.

"Kracht x 7," stelden de meisjes voor.

"Uh, soms kan ze onze gedachten lezen," bevestigde E-Z.

Charles riep uit: "En PAFHS7 dan?"

"Ik vind het leuk," zei E-Z, "maar vergeten we niet twee belangrijke leden van ons team? Ik bedoel Little Dorrit en Baby. Zij zijn belangrijke leden en ze hebben ons al een paar keer gered."

Alfred herhaalde de woorden, net als Haruto.

"Hoe zit het met PAFHS9!" zongen Lia en Brandy uit.

PAFHS9 kon er niets aan doen, ze lachten - totdat ze iemand boven hun hoofden op het dak hoorden rondlopen.

"Wat was dat?" vroeg E-Z.

"Joehoe! Wij zijn het!" zei Raphael. "Eriel en ik.

HOOFDSTUK TIEN

HERRIE OP HET DAK

S AM VROEG ZICH AF of Kerstmis vroeg was gekomen toen hij in zijn badjas naar buiten strompelde om het lawaai op het dak te onderzoeken. Hij kon niet zien wie er boven was, tot hij midden in zijn voortuin stond.

"Shhh!" fluisterde hij. "We hebben de baby's net in slaap gebracht."

De aartsengelen gaven geen antwoord. In plaats daarvan lieten ze hun hoofd hangen als twee uitgescholden kinderen.

"Wil je binnenkomen?" vroeg hij.

"Heel erg bedankt," antwoordde Raphael.

POOF

POW

Zij en Eriel verdwenen.

Sam kwam niet meteen van het gazon af. Zijn voeten waren nat van de dauw op het gras. Zijn voeten waren nat van de dauw op het gras en terwijl hij zijn vuisten in de zakken van zijn kamerjas stak, zag hij Kleine Dorrit en Baby rond het huis cirkelen.

"Is alles in orde daar beneden?" vroeg Dorrit.

"Ja," zei Sam, "maar ga voor de zekerheid niet te ver. Ik fluit wel als we hulp nodig hebben." Hij zwaaide en ging toen het huis weer binnen, dat nu gevuld was met stemmen en geschraap van stoelen. Hij knarste met zijn tanden en hoopte dat de tweeling lekker lag te slapen. In de keuken merkte hij dat iedereen wakker was, behalve Haruto's oma.

Raphael, die aan het hoofd van de tafel zat, leek nu op de vrouw die gekleed was als verpleegster in het hotel toen Alfreds leven gered werd. Haar lange, vloeiende toga die op een diploma-uitreiking leek, verhoogde haar status onder de anderen alsof ze een zittende professor of een rechter was.

Eriel daarentegen had zijn uiterlijk veranderd zodat hij leek op een overleden zanger wiens handelsmerk was om zich van top tot teen in het zwart te kleden, inclusief een zonnebril met donkere randen.

"Hebben we meer stoelen nodig?" vroeg Samantha.

"Ik denk dat we goed zitten," zei Sam. "Ik hoop dat dit niet lang gaat duren. Oh, en E-Z, jij neemt de andere kant van de tafel aangezien jij onze gekozen leider bent."

"Uh bedankt," zei E-Z die zich in de positie bewoog. "Dus, wat doen jullie hier in hemelsnaam midden in de nacht?"

Brandy lachte, "En wie zei dat ik de onbeleefde was?"

Lia zei: "Shhh."

Raphael wierp een blik op elk van de kinderen. Het was de eerste keer dat ze Haruto, Charles, Brandy en Lachie zag. Ze waren allemaal zo ongelooflijk jong, zo dapper. Haar ogen welden op toen haar blik op E-Z viel. Ze boog haar hoofd.

E-Z wachtte en besefte toen dat Raphael hem vroeg om haar toestemming te geven om te spreken. Hij knikte.

Voor hij sprak, zette Raphael haar nieuwe bril op. Daardoor moest E-Z haar oude bril bijstellen die hij, zoals de oorspronkelijke eigenaar hem had gevraagd, nooit van zijn gezicht had gehaald.

Charles, die heel ongewoon steeds ongeduldiger werd, vroeg: "Mevrouw, waarom ben ik hier als tienjarige jongen terwijl ik als volwassene veel nuttiger zou zijn voor dit team?"

"STILTE!" riep Eriel uit, terwijl hij met zijn vuisten op tafel sloeg. "Het woord is aan ons. Spreek, zuster, want deze kinderen worden steeds ongeduldiger. Hun ogen flikkeren en schieten door de kamer. Alsof ze verwachten dat je ze in hete vaten met was laat vallen!"

"Onbeschoft!" riep Brandy uit. "Ik ben niet bang voor jou!"

"Shhh," fluisterde Lia.

Charles glimlachte naar Brandy.

"Je zou bang moeten zijn," zei Eriel met een grimas. "Heel bang."

"Orde! Orde!" riep Raphael en ze wachtte tot iedereen zat en rustiger was. "We zijn hier vanavond in UW belang." zei Raphael nogal luider dan ze had verwacht.

"Hier! Hier!" onderbrak Eriel.

"Hoezo?" vroeg E-Z.

"Ze zal het je vertellen als je je gedeisd houdt!" verklaarde Eriel.

Raphael wachtte opnieuw voor ze weer sprak.

"Er is geen tijd voor mooie plannen of uitstel. De Furies richten een ravage aan, elke dag meer en meer door Zielenvangers te stelen. Ze gooien oude zielen de open leegte in. Het is een complete chaos daarbuiten! En ze creëren elke seconde, elke minuut, elk uur van elke dag meer. Kortom, ze moeten gestopt worden. Onmiddellijk."

"Maar..." zei Alfred, "je hebt het niet eens over de kinderen gehad."

Eriel stond op van zijn stoel. Hij staarde Alfred aan en dwong hem weg te kijken. "Ze is nog niet klaar."

Raphael ging deze keer zonder aarzelen verder.

"Wij, Eriel en ik, zijn hier om jullie advies te geven - zonder direct betrokken te zijn. Onze missie is om jullie te helpen, om jezelf te helpen de kinderen te redden."

E-Z vond dit helemaal niet leuk klinken. Hij sloeg met zijn vuisten op tafel.

"We hebben al afgesproken om tegen de Furies te vechten. Eerst moeten we ons klaarmaken om een plan te formuleren. Als we klaar zijn, zullen we hen vernietigen. Als jullie gekomen zijn om ons op te jagen, om ons de strijd in te duwen voor de tijd rijp is, dan wil ik me als gekozen leider terugtrekken. We zijn nog maar kinderen en jullie vragen ons om ons leven op het spel te zetten. Ik ben niet, wij zijn niet, bereid om verder te gaan totdat we volledig voorbereid zijn."

Lia stond als eerste en begon te applaudisseren en de rest van haar team deed mee.

"Wat hij zei," koerde Alfred omdat zwanen niet kunnen klappen.

"Wacht!" zei Raphael. "We zijn hier niet om je te duwen, we zijn hier om je te helpen."

Eriëls kleur veranderde van wit naar rood, in extreem contrast met zijn zwarte kleding. E-Z en de anderen keken toe hoe de teint van de aartsengel steeds roder werd, bang dat zijn hoofd zou ontploffen.

"Kalmeer en ga zitten!" beval Rafaël. Eriel haalde een paar keer diep adem en zakte toen terug in zijn stoel.

Raphael bleef kalm met opgeheven hoofd. Ze schoof haar stoel naar achteren en stond op. En bleef stijgen tot ze boven de rest uitstak. Ze nestelde zich, alsof ze op een vliegend tapijt reed en hield haar hoofd naar rechts alsof ze poseerde voor een selfie.

"We zetten ons in voor jou en de taak, maar onze krachten hebben beperkingen. Als je bekend bent met het gezegde 'we zijn hier voor jou in de geest', dan zijn wij dat ook. We hebben vandaag alle regels aan onze laars gelapt door naar jullie huis te komen. We hebben dit gedaan tegen het advies van onze superieuren en tegen het gezond verstand in.

"Door hier te komen hebben we onszelf blootgesteld aan ongeziene en onbekende gevaren, maar jullie zijn het risico waard. Daarom hebben we besloten om onze hulp persoonlijk aan te bieden."

"We begrijpen ook dat je een plan hebt geformuleerd en wij zijn hier als klankbord. Je kunt het op ons uittesten, kijken of het werkt. Als we fouten zien, zullen we ze aanwijzen en je helpen."

E-Z wierp een blik op zijn teamleden, die weer gingen zitten. "We overwegen de optie om de godinnen in een spel te trekken en ze daar te verslaan."

"Oh, ik begrijp het," zei Raphael. "Je gelooft dat je ze met hun eigen spel kunt verslaan, bij wijze van spreken, slim. Heel slim, maar niet slim genoeg ben ik bang."

"Wat bedoel je?"

"Ze hebben uitgevonden hoe ze alle spelers in de gamewereld kunnen manipuleren en controleren. Ze kennen elke truc uit het boekje - omdat de industrie het makkelijk heeft gemaakt als je eenmaal in het spel zit. Om te spelen, moet je doden. Om vooruit te komen, moet je doden. Om te winnen, moet je doden.

"In de spelwereld E-Z moet je ook doden. Als je dat doet, ben je een prooi voor de Furies. Ze kunnen jullie één voor één gevangen nemen. Jullie kunnen daar niet als team samenwerken. Teams in het spel zijn slechts illusies. Geen enkele speler is vrijgesteld van hun wraakzuchtige plot.

"Vergeet niet dat de godinnen een mandaat hebben en dat is om de ongestraften te straffen. En ze volgen het op de voet, zonder mitsen en maren. Ze gebruiken echter een grijs gebied in hun voordeel. Niets kan hen tegenhouden - mits ze zich aan het mandaat houden." Ze stopte en wierp een blik op Eriel, "Wil je nog iets toevoegen?"

"Als ik jou was," zei hij, "zou ik ze recht in het gezicht aanvallen. Waar en wanneer ze het het minst verwachten. Het zou jou in een machtspositie brengen en hen kwetsbaar maken."

"Dat is als ze ons niet zien of aanvoelen dat we ze komen halen," zei Brandy. "Ik snap nog steeds niet hoe ze de kinderen kunnen vermoorden. We moeten het zien, om het te begrijpen en om te weten waar we mee te maken hebben. Ik zei dat ik zou helpen, maar ik had zeker meer specifieke informatie verwacht."

"E-Z," vroeg Raphael, "ben je bereid me mijn bril terug te geven? Voor eventjes? Met die bril kan ik je de techniek van de Furies laten zien. Hoe ze de kinderen in het spel in real time in de val lokken. Brandy heeft gelijk, zien is geloven, maar ik kan het niet zonder mijn originele bril. Alleen jij kunt die beslissing nemen. Als je echt wilt zien. Als je het echt wilt weten."

"Cool," zei Brandy. "Laten we beginnen, E-Z."

Eriel keek naar het plafond. "Ophaniel heeft me ontboden. Ik moet nu gaan." Hij boog.

ZIP

Hij verdween in de nacht.

E-Z nam de rode bril af en vouwde hem op, voordat hij hem aan Raphael gaf, die nog steeds boven de tafel zweefde. De glazen vlogen in haar handen toen ze ernaar reikte.

Raphael nam haar nieuwe bril af en poetste de oude voordat ze hem op haar gezicht zette. Ze glimlachte, terwijl zij en iedereen in de kamer toekeek hoe het bloed op slangachtige wijze rond het montuur bewoog, alsof het zich opnieuw met haar vertrouwd maakte.

Toen het bloed in de bril zijn Raphael-stroom weer had hervonden, zette ze hem op haar gezicht en richtte zich toen op de muur terwijl er krachtige, felle lichtflitsen uit haar bril kwamen, zoals je in een bioscoop zou verwachten.

"Voordat we beginnen," zei Raphael, "dit is niet voor bangeriken. Wat jullie nu gaan zien is beoordeeld als begeleiding voor volwassenen. Ik denk niet dat Haruto het moet zien."

Samantha zei: "Kom Haruto. Jij en ik kunnen een beetje televisie kijken in de andere kamer."

De twee vertrokken. En de show begon.

Op het scherm was een kleine jongen te zien. Ongeveer zeven, misschien acht jaar oud. Hoewel het midden in de nacht was, zat hij achter de computer.

Op zijn hoofd zat een koptelefoon. Voor zijn mond zat een piepklein microfoontje dat aan zijn hoofddeksel bevestigd was.

"Hebbes!" zei hij. "Ik heb nog één kill nodig, dan zit ik in het volgende level."

HHIIIIIIISSSSSSSSS.

En zij konden het ook horen.

"Je bent een moordenaar!"

"Alleen slechte jongens doden - en jij bent een slechte jongen. Weet je moeder wat voor een slechte jongensmoordenaar je bent?"

"Ik speel een spel," zei hij. "Het is maar een spel en als ik niet dood, kan ik niet vooruit."

"Arm kind," zei E-Z.

Stilte.

De jongen hervatte zijn spel. Al snel kwam de tijd om weer te doden. Deze keer aarzelde hij.

"Toe maar. Je hebt één keer gedood, je weet dat het leuk was, dus ga je gang en dood nog een keer. Je weet dat je dat wilt."

"Nee!" zei hij.

"Het maakt niet uit. Eén dode is alles wat we nodig hebben!"

Toen werd het gesis weer heel luid, luider, luider, luider.

"Stop!" schreeuwde hij.

"Stop ermee Raphael!" gilde Lia.

"Dat kan ik niet," antwoordde de aartsengel. "Je zei dat je wilde zien hoe ze het doen. Als iemand van jullie te bang is, verlaat dan de kamer of bedek je ogen. Brandy had gelijk, jullie moeten het zelf zien. Tot nu toe heb ik het ook nog niet gezien."

HHIIIIIIISSSSSSSSS.

Ga door. Je hebt één keer gedood, je weet dat het leuk was, dus ga je gang en dood nog een keer. Je weet dat je dat wilt."

Ga door. Je hebt één keer gedood, je weet dat het leuk was, dus ga je gang en dood nog een keer. Je weet dat je dat wilt."

Ga door. Je hebt één keer gedood, je weet dat het leuk was, dus ga je gang en dood nog een keer. Je weet dat je dat wilt."

"La, la, la, la," zong de jongen. Hij probeerde de stemmen te blokkeren.

"Hij is gek geworden," zei zijn vriend die het spel ook speelde. "Ik ga weg. Ik zie je morgen op school Tommy."

"La, la, la, la!" Tommy bleef zingen.

Zijn hartslag ging tekeer. Zijn hartslag versnelde. Het bonkte en bonkte, alsof het uit zijn borst wilde breken. Hij kreeg geen adem. Hij probeerde op te staan, maar zijn benen werden slap.

Hij hoorde een stem in zijn hoofd. Het klonk als de stem van zijn moeder, maar dat was het niet.

"We schamen ons zo voor je, Tommy. We verdienen het niet om een moordenaar als zoon te hebben!"

Een tweede stem, die klonk als die van zijn vader.

"Onze zoon is geen moordenaar, wie ben jij? Jij bent onze zoon niet."

Tommy huilde.

"Ik ben een moordenaar," zei hij terwijl hij uit zijn stoel zakte en ineenkromp tot een bal op de grond.

Vanaf het scherm klonken nog twee stemmen. Zijn broer Alex, zijn zus Katie, die samen met zijn ouders een liedje zongen, een liedje dat gezongen werd op een populair kinderdeuntje over een moerbeistruik. Hun versie ging als volgt:

"Tommy is een mur-der-er; mur-der-er, mur-der-er, mur-der-er, Tommy is een mur-der-er, en we houden niet meer van hem."

Arme Tommy was nu helemaal alleen.

"Niet opgeven," schreeuwde Lia, hoewel ze wist dat hij haar niet kon horen.

Op de grond, opgerold in een bal, stelde hij zich voor dat zijn moeder, zijn vader, zijn zus en broer om hem heen dansten. Ze cirkelden om hem heen als een gier om haar prooi.

"Tommy is een mur-der-er; mur-der-er, mur-der-er, mur-der-er, Tommy is een mur-der-er, en we houden niet meer van hem."

Tommy's kleine hartje was gebroken. Het duwde zichzelf uit zijn lichaam en vloog weg.

De Furies vingen het op en schoven het in een Soul Catcher. Ze sloegen de deur dicht.

Raphael zette de bril af. Meteen hield de muurprojector op. Terwijl ze de bril teruggaf aan E-Z, rolde er een traan over haar wang.

De stilte rond de tafel was oorverdovend.

"Ze laten de heksen waarover Shakespeare schreef in Macbeth er vriendelijk uitzien," zei Alfred.

"Ik zie niet in hoe mijn vermogen om me te camoufleren of om met dieren te praten hen gaat helpen, niet tegen hen," zei Lachie.

"Ik zou er een doden, sterven, terugkomen, de tweede doden, sterven, terugkomen en de derde doden," zei Brandy. "Laat me ze te pakken krijgen!"

"Wacht even," zei E-Z. "Nu we het gezien hebben, moeten we erover praten. Voordat we ons erin storten. Misschien moeten we opnieuw stemmen? Onze deelname moet unaniem zijn."

Sam sprak. "Je hoeft je niet te schamen om nee te zeggen. Niemand heeft jullie aangesteld als redders van de wereld."

"Hij heeft gelijk," zei Raphael. "Niemand heeft jou aangesteld - en toch is er niemand anders die het kan."

"Waarom kunnen jullie aartsengelen dat niet?" vroeg Brandy.

"We hebben alles geprobeerd wat we wisten en we hebben gefaald. Daarom zijn we naar jullie gekomen," zei Raphael. "En één ding wil ik jullie allemaal duidelijk maken...Als er ooit een moment is, waarop jullie vrezen dat het einde nabij is, dan is het dat we jullie komen helpen."

"Hoe wil je ons dan helpen, als je ons net hebt verteld dat je nutteloos bent?" vroeg Charles.

"Dat wilde ik vragen," zei Brandy.

"Als, wanneer het einde nadert... zullen wij aartsengelen andere krachten krijgen. Totdat ze nodig zijn, slapen die krachten diep in de ingewanden van de aarde.

"Ondertussen, E-Z, ken je de magische woorden om Eriel aan je zijde te roepen. Diezelfde woorden brengen mij, en de anderen als je ons nodig hebt.

"We zullen komen. We zullen aan jullie zijde vechten. Maar alsjeblieft, verspil de oproep niet. Om de oude krachten te laten ontwaken, moet er onmiskenbaar bewijs zijn dat het einde van het menselijk ras nabij is."

"En wat als we je bellen en de krachten die je zegt te hebben niet komen. Wat dan?" vroeg E-Z.

"Dan zullen we samen met jullie sterven."

E-Z sloeg met zijn vuisten op tafel.

"Als ik ze in actie zie, gaat mijn bloed koken. We moeten ze verslaan."

"Hier! Hier!" riep Charles.

"Maar eerst," zei Sam, "moet je het deze kinderen vertellen voordat je ze de strijd instuurt. Vertel ze precies hoe jij en de andere aartsengelen de Furies probeerden te verslaan."

"We zetten een val voor ze toen we ontdekten dat ze terugkwamen. Het verraadde ons, gaf ons weg, en toen verhuisden ze naar Death Valley. Death Valley is nu verboden terrein voor aartsengelen."

"Buiten de grenzen? Wie heeft dat zo gemaakt?"

"Dat is een vraag die ik niet kan beantwoorden. Ik weet alleen dat een team van immens sterke aartsengelen niet in staat was om door de beschermende barrières te breken die ze hebben opgeworpen."

"Dat was het?" vroeg Brandy. "Dat is alles wat je hebt geprobeerd, en je wilt dat wij het nu overnemen. Echt waar."

Raphael legde haar handen op haar heupen, "We zijn aartsengelen en onze krachten op aarde zijn beperkt." Ze lachte, "Onze krachten elders zijn ook beperkt."

"Oké, oké," zei E-Z. "We snappen het. We hebben geen keus, niet echt, maar laat het aan ons over."

"Heel goed," zei Rafaël. "Maar voordat ik ga, Charles, wilde ik je vraag beantwoorden. De aartsengelen hebben jullie niet opgeroepen of vrijgelaten. We geloven dat jullie aanwezigheid hier toevallig is.

"We denken dat de Furies jullie ook niet kennen. Misschien ben je een geheim wapen. Misschien heb je enorme krachten in je.

"Je zei dat je wenste dat je als volwassen man was teruggebracht. Je leeftijd vandaag is belangrijk. Wij geloven dat kinderen de toekomst van het menselijk ras in hun handen hebben. Alleen kinderen kunnen het pure kwaad verslaan."

"Maar waarom alleen kinderen?" vroeg Charles.

"Omdat ze puur van hart geboren zijn," zei Rafaël.

Charles ging iets hoger op zijn stoel zitten.

Raphael vervolgde: "Charles Dickens, wees niet bang om te experimenteren en je ware zelf te ontdekken. Er kan een deur in je zitten die alleen jij kunt openen. Een sleutel.

"Het feit alleen al dat er een bloedlijn is tussen jou, E-Z en Sam, is belangrijk. Wees niet bang om alles te riskeren om die sleutel te vinden. Jullie zijn hier om de mensheid te redden. Daar is geen twijfel over mogelijk. Gebruik je tijd hier verstandig. Maak een verschil."

Charles huilde omdat hij zich tot nu toe nutteloos had gevoeld. De anderen troostten en stelden hem gerust.

"Veel geluk voor jullie allemaal," zei Raphael.

POW.

En weg was ze.

"Als we dit overleven," zei Lia, "en we zullen het overleven, geven we het grootste overwinningsfeest ooit."

"Charles," zei E-Z. "Als Raphael gelijk heeft, zou jij het belangrijkste lid van het team kunnen zijn. Neem alsjeblieft de tijd om je ziel te onderzoeken."

"Hoe zoek je een ziel?" vroeg hij.

"Meditatie is één manier," zei Brandy.

"Of wandelen in de natuur," zei Lachie.

"Alleen zijn, gewoon nadenken," bood Alfred aan.

"Laten we gaan slapen en deze discussie morgenochtend voortzetten," zei E-Z.

"Ik denk niet dat ik veel slaap ga krijgen na het zien van arme Tommy," zei Lia. "Het was nog erger dan ik me had voorgesteld."

"Ja, arme kleine Tommy," vond Alfred ook.

"Dus iedereen is er nog?" vroeg E-Z.

"Iedereen stemde voor.

"En Haruto dan?"

"Ik denk dat hij nog steeds meedoet," zei E-Z, "maar ik zal alles uitleggen aan Sobo en zij kan het met hem bespreken. Ik zou het helemaal begrijpen als ze zich terugtrokken."

"Ik denk niet dat ze dat zullen doen," zei Samantha. "Haruto slaapt. Hij schaamde zich omdat hij te jong was om te zien wat jullie zagen. Alsof hij minder lid was van het team."

"Je hebt het juiste gedaan door hem uit de kamer te halen," zei Sam. "Wat we zagen was afschuwelijk."

"Daar ben ik het mee eens," zei E-Z.

Charles zei: "Dus, het is allen voor één en één voor allen. Net als in De drie musketiers."

"Ik heb altijd van dat boek gehouden!" zei Alfred.

Zelfs in de meest erbarmelijke situaties brachten boeken mensen altijd samen. Elk lid van PAFHS9 hoopte dat dit één ding in de wereld was dat nooit zou veranderen.

HOOFDSTUK ZEVEN

DEJA VU

E-Z EN SAM HADDEN niet veel tijd meer voor zichzelf, maar ze klaagden er allebei niet over. Samantha maakte zich zorgen dat ze het contact verloren en was vastbesloten om dit recht te zetten door hen te verrassen met een Early Bird-ontbijt in Ann's Café.

Ze kwamen tegelijk in de keuken aan - omdat ze allebei een sms hadden gekregen om zich aan te kleden en meteen naar de keuken te komen.

"Wat is er?" vroeg Sam.

"Ja, wat is er?" vroeg E-Z.

"Er is niets aan de hand," zei Samantha. "Jullie hebben gereserveerd bij Ann, dus ga er meteen naartoe - voordat iedereen wakker wordt en bij jullie wil komen zitten."

Sam kuste zijn vrouw.

"Ik dacht dat het tijd was dat jullie ook weer samen gingen ontbijten."

E-Z gaf Samantha een dikke knuffel.

"Gaan we er zelf heen?"

"Zeker weten Uncle Sam."

Sam pakte zijn rugzak met zijn laptop erin en weg waren ze.

Het was een prachtige lentemorgen met veel vogelgezang als serenade op weg naar het café.

"Die vrouw van jou is best bijzonder."

"Ja, ze is er één uit duizenden."

Al snel kwamen ze aan bij het café. Het was bijna leeg en Ann was nergens te bekennen, maar E-Z herkende haar zus, Emily. Hij had haar niet meer gezien sinds hij een klein kind was.

"Je bent niet veel veranderd," zei Emily terwijl ze haar armen om hem heen sloeg.

"Jij ook niet," zei E-Z met gedempte stem terwijl ze hem in haar dikke trui smoorde. "En dit is oom Sam."

"Ik zie de gelijkenis," zei Emily terwijl ze zijn hand stevig schudde. "Ik heb de perfecte tafel voor je, volg me."

Toen ze hun gebruikelijke tafel passeerden, aarzelde hij en wierp een blik op zijn oom. "Vind je het erg als we in plaats daarvan aan deze tafel gaan zitten, Emily?"

"Natuurlijk!" zei Emily, terwijl ze het bestek neerlegde en de menu's overhandigde. "Koffie?" Sam knikte, ze schonk hem een stomend hete mok vol.

"Heb je de gewone?" vroeg ze aan E-Z. Mijn zus vertelde me wat ze zouden kunnen zijn."

"Zeker weten."

"En het was een dikke chocolade shake, heb ik gelijk?"

Ze had gelijk.

"En jij, Sam?" vroeg ze. "Wat neem jij vandaag?"

"Maak daar maar twee van wat mijn neefje heeft," zei hij, "maar houd de dikke shake maar. Koffie is de enige drank die ik vanochtend nodig heb."

"Goed zo!" zei ze, waarna ze naar de keuken liep.

Sam opende zijn laptop en sloot hem weer.

"Het is fijn om naar een plek te komen waar alles altijd hetzelfde is," zei E-Z.

"Ik zou Sam en de tweeling hier binnenkort eens mee naartoe moeten nemen. Ik wil graag lokale bedrijven steunen en het is een goed voorbeeld voor Jack en Jill."

"Zeker weten. Deze plek heeft alleen maar goede herinneringen voor mij," zei E-Z. "Maar een dezer dagen ga ik eens iets anders bestellen. Ik moet het goede voorbeeld geven aan mijn neven en nichten, nietwaar?"

Sam lachte en nam toen een slok koffie. Even later kwam Emily langs en vulde het kopje weer bij. "Het is alsof ze ogen in haar achterhoofd heeft."

E-Z lachte. Zijn gedachten zweefden rond een bepaald onderwerp dat hij wilde bespreken: De

Furies. Tegelijkertijd wilde hij niet meteen in het zware gesprek belanden.

"Zo. Mijn vrouw heeft een huis vol gasten te voeden als iedereen opstaat."

"Sobo zal helpen."

"Klopt, maar ik denk niet dat we moeten profiteren. Ik zou willen dat we een herhaling kunnen doen, als je begrijpt wat ik bedoel?"

"Zeker weten. Dus, laten we aan de slag gaan."

Sam klapte zijn laptop weer open. Deze keer zette hij hem aan en typte in de zoekmachine:

Hoe de Furies te verslaan.

E-Z knikte toen zijn shake voor hem werd neergezet. Hij probeerde meteen een slokje te nemen van zijn dikke shake, maar het was te dik om iets door het rietje te krijgen - en dat was precies zoals hij het graag had. "Iets nuttigs?"

"Er staat dat Erinyen - of de Furiën - alleen gunstig gestemd kunnen worden door rituele zuivering."

"Wat betekent dat?"

"Ik denk dat het betekent dat je een daad moet verrichten - op hun verzoek, als boetedoening."

"Betekent boetedoening niet hetzelfde als boete doen? Dat klinkt niet goed," zei E-Z. "We hebben niets gedaan om het goed te maken."

"Het kan ook verlossing betekenen. Terugbetaling. Herstel. Herstel."

"De vier V's, dat is pakkend, maar ik vraag opnieuw waarvoor we ze gaan terugbetalen?

"Denk eens buiten de gebaande paden," zei Sam. "Wat als je iets zou kunnen doen, om ze aan te moedigen een wandeling te maken en de kinderen en zielenvangers met rust te laten?"

E-Z lachte. "Als er een manier was, zou het perfect zijn. Ook te makkelijk."

Sam krabde op zijn hoofd. "Hier staat dat de Furies mannen en vrouwen straften voor misdaden na de dood en tijdens hun leven. Dat is wat ze nu doen - kinderen, geen volwassenen. Dat wist ik niet."

"Wat ik niet snap, is waarom. Waarom zijn ze nu terug? Wat is er veranderd..."

"Allemaal uitstekende vragen die ik niet kan beantwoorden," zei Sam. "Maar, oh, hier is iets interessants. Er staat dat ze als Godinnen van het Noodlot de mens ervan weerhielden om over de toekomst te leren."

"Hoe precies?"

"Dat staat er niet," zei Sam, net toen Emily weer aankwam om zijn kopje koffie bij te schenken. "Een klein beetje maar," zei hij. Hij was bang dat hij naar huis zou drijven als hij nog meer koffie dronk.

"Je ontbijt komt er zo aan," zei ze. "Ik hoop dat je honger hebt!"

"Dat zijn we zeker," zei E-Z, terwijl hij zijn dikke shake weer probeerde op te drinken en met enig succes wat door het rietje naar binnen kreeg.

Emily glimlachte en ging toen een paar nieuwe klanten begroeten.

"Voor dit alles," zei Sam, "had ik nog nooit van de Furies gehoord. Hier staat dat ze in zowel de Griekse als de Romeinse mythologie geesten van gerechtigheid en wraak waren. Hun andere naam Erinyes betekent boze." Hij scrolde naar beneden. "Ik zie een paar vermeldingen in de gamewereld. Geen van de bijvoeglijke naamwoorden die gebruikt worden om ze te beschrijven zijn in tegenspraak met wat we al weten, namelijk dat de Furies kwaadaardige sinistere wezens zijn die geen genade tonen."

"Ik wou dat PJ en Arden weer bij ons waren. Met hun kennis over tovenarij zouden ze vast wel weten wat we moeten doen. Sinds we ze kwijt zijn, heb ik mezelf voor mijn kop geslagen. Allemaal omdat ik te veel met mezelf bezig was als superheld. Ik mis die jongens echt."

"Ze zouden niet willen dat je jezelf zou schoppen. En ik mis ze ook."

Emily zette het eten op tafel, "Eet smakelijk!" zei ze.

E-Z en Sam aten gulzig en spraken een tijdje niet. Na veel geluiden van voedselgenot hervatten ze hun gesprek.

"Ik dacht net aan het plan - om ze in het spel te verslaan. Het klonk goed - of dat dachten we totdat Raphael ons iets anders vertelde. Het is maar goed dat ze het ons ronduit vertelde, anders... wel, ik wil er niet eens aan denken wat er met de kinderen had kunnen gebeuren."

"Toch blijf ik denken dat de Furies een Achilleshiel moeten hebben. Herinner je je dat verhaal?"

"Ik wel. Als ze een zwakke plek hebben, weet ik niet wat het is. We weten dat ze sterfelijk zijn, net als wij. Als ze kunnen sterven, net als wij, dan is het tenminste een gelijk speelveld."

"Laten we ons wat meer richten op hun zwakke punten: woede, wrok, wraak."

"Dat zijn dezelfde dingen waar ze anderen voor straffen, dus hoe kan het hun zwakke punten zijn?" vroeg E-Z, terwijl hij een vork vol pannenkoeken in zijn mond propte. "Zo, lekker."

Sam knikte, "Dat zijn ze zeker." Hij nam nog een slok koffie. "Klopt, wat betekent dat we misschien dezelfde dingen waarvoor ze anderen straffen tegen hen kunnen gebruiken."

"Maar hoe?"

"Dat weet ik niet - nog niet."

"We hebben misschien meer dan één van deze sessies samen nodig om dingen te verwerken," zei E-Z. Zijn tweede bord vol pannenkoeken werd voor hem op tafel gezet.

"Ann belde net en zei dat ik een tweede lading pannenkoeken voor je moest meebrengen," zei Emily.

"Bedankt. En zeg tegen Ann dat ik hoop dat ze zich snel beter voelt."

"Doen we. Nog koffie?"

Sam knikte, dus vulde ze zijn kopje bij. Toen Emily wegging, zei hij: "Ik ben zo terug," en ging naar de badkamer.

E-Z draaide het scherm naar hem toe en typte in:

HOE DOOD IK DE FURIES?

Er doken een paar antwoorden op, maar die hadden allemaal te maken met hoe je de drie godinnen als personages in de spelwereld kon verslaan.

Sam kwam terug. "Iets gevonden?"

"Niets nuttigs. Al staat er wel dat de wortels van de Furies misschien wel helemaal teruggaan tot de prehistorie."

"Nou, Baby's afkomst gaat ook een heel eind terug."

"Je had moeten zien hoe snel hij die vuurbal opslokte! Zonder een seconde te aarzelen."

Toen ze klaar waren met eten, bedankten ze Emily en gingen ze naar huis. Ze zaten zo vol dat ze dachten dat ze nooit meer zouden eten.

"Het was zeker leuk om de ochtend met jou door te brengen," zei E-Z. "Het voelde als vroeger."

"Dat was het zeker. Laten we het binnenkort nog eens doen. Laten we in de tussentijd meer nadenken over wat we vandaag hebben geleerd, want zoals het oude gezegde luidt - waar een wil is, is een weg."

"Waar, waar, Uncle Sam. Echt waar."

HOOFDSTUK TWEE

TERUG IN HET HUIS

TOEN ZE WEER BIJ het huis aankwamen, was het eerste wat Sam deed zijn armen om zijn vrouw heen slaan. Ze was blij hem te zien, maar ze had haar handen vol aan het ontbijt.

"Fijn dat je het leuk vond," krijste Samantha.

"Kan ik iets doen om te helpen?" vroeg Sam, terwijl hij de situatie met de tweeling beoordeelde.

"Het is allemaal gelukt," zei Samantha, terwijl achter haar de tweeling een kreet slaakte.

Vooral omdat Haruto even had gepauzeerd met zijn versie van hon no piku, wat kiekeboe betekent. In Haruto's versie trok hij een gezicht, draaide dan heel snel rondjes tot hij verdween, verscheen dan weer en de tweeling giechelde.

"Dat is heel creatief!" zei Sam, terwijl Lachie de rol van entertainer overnam.

Lachie begon meteen met een paar dierimitaties en kreeg lovende kritieken van de tweeling toen hij lachte als een kookaburra:

koo-koo-koo-kaa-kaa-KAA!-KAA!-KAA!

Toen was het de beurt aan Charles om te entertainen met zijn verhaal De Drie Keien.

"Iwa?" zei Haruto, wat vertaald keien betekent.

"Ja," zei Charles, terwijl E-Z en Sam zich terugtrokken in de deuropening om ook naar het verhaal te luisteren, terwijl Alfred, Sobo, Brandy, Lia en Samantha verder gingen met de voorbereidingen voor het eten.

"Er was eens," begon Charles, "een heuvel hoog boven het Kanaal. Daarop lagen heel veel rotsblokken. Eigenlijk te veel om te tellen.

"Op deze dag reed een grote en zware vrachtwagen de heuvel op, krakend en knarsend met zijn tandwielen. Toen hij de top bereikte, zette hij een keienheffer in die worstelde met het gewicht van elk stuk steen. Urenlang slaagde hij erin om zoveel mogelijk stenen op te rapen. Tot de achterkant van de truck vol was. Maar niet te vol. Overvol betekende dat er rotsblokken van de vrachtwagen af zouden rollen als hij bewoog, wat ten koste van alles moest worden vermeden.

"De vrachtwagen reed de heuvel af. Hij leegde de rotsblokken in een andere, grotere vrachtwagen. Een vrachtwagen die te groot was om de heuvel op te komen en geen hefmechanisme had. Toen de kleinere vrachtwagen weer leeg was, ging hij terug de heuvel op. Al snel lag hij weer vol met keien.

"Dit proces werd verschillende keren herhaald, tot de grotere vrachtwagen helemaal vol was. Alle resterende rotsblokken moesten in de kleinere vrachtwagen worden vervoerd. Nu beide vrachtwagens vol waren, was het zware werk klaar. Het was dus lunchtijd. En de mannen aten hun boterhammen en dronken hun thermosfles vol hete, zoete thee.

"Terug op de top van de klif waren er nog maar drie eenzame rotsblokken over. Ze waren verdrietig omdat ze hun vrienden waren kwijtgeraakt en ze voelden zich afgewezen, ongewenst, niet nodig en behoorlijk boos tegelijkertijd. Te veel emoties tegelijkertijd voelen kan verwarrend zijn, maar gevoelens delen met vrienden kan helpen, dus bespraken de drie rotsblokken hun hachelijke situatie."

"Wat doen ze met al onze vrienden?" vroeg de eerste kei die Rocky heette.

"Ik weet het niet," zei de tweede kei die Pebbles heette. "Misschien hebben ze ook vrienden nodig waar ze naartoe gaan. Ik zal ze zeker missen."

"Nee," zei de derde kei, die ouder en wijzer was en Craggy heette. "Ze nemen hen niet mee om de wereld te zien. Ook niet om hun vrienden te zijn. Weet je niet dat ze ons verpletteren om hun wegen te maken."

"Nee!" riepen Rocky en Pebbles. "Ze mogen onze vrienden niet tot moes slaan!"

"Ik wou dat ze mij ook hadden meegenomen," zei Craggy. "Ik ben te oud om hier te blijven zitten in al dat noodweer. De gure winden breken door mijn buitenste laag en ik zou het niet erg vinden om mijn toekomst als weg door te brengen. Dan zou ik tenminste een doel hebben."

"Een doel?" riep Rocky uit. "Je noemt het een doel om geplet te worden en elke dag en elke nacht overreden te worden?"

"Het is beter dan hier voor altijd met z'n drieën te zitten. Ik ben moe van de wind en de regen en al het andere," zei Craggy.

"Nou, als je zo graag wilt," zei Pebbles, "dan hoef je jezelf alleen maar van de rand te rollen. Dan val je recht in de achterkant van de vrachtwagen beneden en ga je er samen met de rest van onze vrienden vandoor."

"Oh, het is te ver," zei Rocky terwijl hij zichzelf wat dichter naar de rand toe rolde. "Wil je ons echt zo graag verlaten? Kun je geen doel vinden door hier bij ons te blijven? We hebben je nodig. Je bent ouder en wijzer."

Craggy liep naar de rand en keek over de rand. Het was waar, de vrachtwagen stond daar. Een paar druppels zweet dropen naar beneden. Of het waren zweetdruppels, of tranen.

"Het is een verschrikkelijk lange weg naar beneden," zei Craggy. "En het zou niet netjes van me zijn om jullie twee alleen achter te laten."

Pebbles zei: "En wat als je de vrachtwagen miste en daar beneden in stukken zou breken! Dan zouden wij hier boven zijn, met dit prachtige uitzicht en jij helemaal alleen daar beneden."

"Trouwens," zei Rocky, "misschien komen ze op een dag terug voor ons. Ondertussen kunnen we kletsen en genieten van het uitzicht en de frisse lucht."

Onder hen startte de vrachtwagen opnieuw.

CHUGGA CHUGGA VROOM, VROOM.

"Het is nu of nooit," zei Craggy terwijl de vrachtwagen wegreed.

"We zijn tenminste samen," zei Rocky.

"De drie rotsblokken dromden schouder aan schouder samen. Ze keerden zich met hun rug naar de wind, ademden de frisse lucht in en keken uit op het prachtige uitzicht van de zon die onderging aan de horizon.

"De moraal van het verhaal is," zei Charles...

Het waren de laatste woorden die E-Z hoorde voordat hij weer in de vervloekte silo zat.

HOOFDSTUK DERTIEN

SILO

"WELKOM TERUG!" ZEI DE stem in de muur met een uitbundigheid die E-Z's schouders deed aanspannen alsof er iemand op stond. Met tegenzin om te reageren, rolde hij zijn schouders eerst naar voren en dan naar achteren, in de hoop de spanning te verlichten.

"DOT. DOT," zei een tweede stem in de muur, maar deze keer was de stem stiller, bijna een fluistering.

Hij opende zijn mond om te reageren, maar er kwam niets in hem op, dus bleef hij stil, behalve het kraken van zijn vingers waarvan hij hoopte dat het zijn gespannen lichaam zou verlichten.

De eerste stem, met een kalmerende toon, vroeg: "Ik zie dat je gespannen en bezorgd bent. Kan ik iets voor je halen om de tijd te doden tijdens het wachten? Een drankje? Een boek? Een reis in gedachten?"

Ze was erg opmerkzaam voor een stem in de muur en dat hielp hem om zich een beetje te ontspannen, maar hij wilde niet graag op haar aanbod ingaan omdat hij geen idee had wat een reis in de geest zou inhouden.

"Ik zie dat je aarzelt..."

Hij zat rechtop in zijn stoel en trommelde met zijn vingers op de armen alsof hij aan het rocken was op Deep Purple's Smoke on the Water. Hij en zijn vader hadden geduelleerd op een verouderde versie van Guitar Hero, en ze hadden lol gehad. Als hij nu terugdacht aan dat moment, voelde het alsof zijn vader bij hem in de silo was.

"Weet je zeker dat je geen reis in gedachten wilt?" vroeg de vrouw in de muur opnieuw. "Je zult het geweldig vinden!"

Een explosie. Dat woord had hij net in gedachten gebruikt om Guitar Hero-ing met zijn vader te beschrijven. Ongetwijfeld kon de vrouw in de muur zijn gedachten lezen.

"Uh, wat is het precies?" vroeg hij. "Niet zeggen dat ik het wil proberen, pas als ik meer weet over wat het inhoudt."

"Waarom, het is een plek waar ik je naartoe kan sturen. Een speciale plek waar je een droom kunt leven."

Het klonk ongelooflijk... en voordat hij kon antwoorden...

DUH DUH DUH,

DUH DUH DUH DUH DUH DUH DUH DUH DUH.

Hij stond op het podium, leadgitaar spelend, met een band die hij meteen herkende als de originele Deep Purple.

De leadzanger, die de band had verlaten maar de originele leadgitaar speelde op Smoke in the Water, leek het niet erg te vinden dat E-Z nu zijn rol speelde en dat ook niet slecht deed. De zanger stak zijn duim op en liep toen over het podium naar E-Z in zijn rolstoel. Samen speelden ze een paar riffs terwijl het publiek gilde, juichte en applaudisseerde. Voor hij het wist zat hij weer in de silo, maar het gespannen gevoel dat hij eerder had ervaren was nu helemaal weg.

"Dank je wel! Dat was fantastisch! Ik kan je niet vertellen hoeveel het voor me betekende. Ik zal het nooit vergeten. Nooit!" hij aarzelde en dacht dat het enige wat het nog beter zou hebben gemaakt, zou zijn dat zijn vader bij hem op het podium zou staan.

"Sorry dat ik je vader er niet bij kon betrekken... maar dat was slechts een voorproefje. En graag gedaan. Nu, blijf zitten. De wachttijd is één minuut."

"Ik denk dat het echte werk me dan zou verbazen!" zei E-Z terwijl hij met zijn hoofd naar achteren leunde en de ervaring opnieuw beleefde. Hij voelde zich al zo ontspannen dat hij wel een dutje had kunnen doen.

PFFT.

De geur was deze keer anders, pepermunt en iets anders waar hij zijn vinger niet helemaal op kon leggen.

"Het is rozemarijn," zei de stem in de muur.

"Heel verfrissend." Zijn ogen waren gesloten en hij was in gedachten verzonken, toen het dak boven zijn hoofd open gaapte. Hij schudde zijn hoofd, opende zijn ogen, ter voorbereiding op wat komen ging.

Lichtstralen schoten de metalen container binnen, kaatsend en weerkaatsend van muur tot muur. Hij bedekte zijn ogen om ze te beschermen tegen de verontrustende lichtshow. Toen de terugkaatsende lichtstralen ophielden, viel er een figuur door het open dak naar binnen. Wat een entree had ze gemaakt. Het was Rafaël.

"Uh, hallo," zei hij. "Dat was nogal een binnenkomst."

"Ik ben gepromoveerd," gaf de aartsengel toe, "en een zekere mate van opsmuk is vereist. Misschien een beetje overdreven in dit geval, maar het is een relatief nieuwe promotie. Alle promoties hebben een leercurve."

"Gefeliciteerd met je promotie."

"Dank je, laten we nu ter zake komen waarom je hier bent."

"Natuurlijk."

E-Z wachtte geduldig tot Raphael weer zou spreken, maar dat deed ze een hele tijd niet. In plaats daarvan fladderde ze rond, als een vogel die voor het eerst zijn vleugels test. Was ze zich aan het uitsloven? Zo ja, waarom? Toen zag hij het, ze droeg een gloednieuwe bril. Deze was groter, zag er opvallender uit met een groter montuur en dikkere glazen en deed haar lijken op een vrouwelijke versie van Mr. McGoo.

"Uh, mooie bril," loog hij.

"Ze waren niet mijn eerste keuze," gaf Raphael toe, "maar ze zullen het moeten doen." Ze schoof dichter naar waar hij zat en zweefde. "Zo te zien." Ze stopte en bewoog zich ongemakkelijk.

SKIDOO

Er kwam een stoel aan, waar ze even in ging zitten.

SKIDOO

En het was weg. Ze zweefde weer. Legde haar open handpalm op de zijkant van haar gezicht. "Er zijn een paar dingen onder onze aandacht gebracht. Ik bedoel dat niet in de koninklijke zin, ik bedoel het als in alle aartsengelen."

"Zoals?"

Opnieuw friemelde ze.

"Zal ik de muur vragen wat lavendel te spuiten om je te ontspannen? Je lijkt nogal gespannen."

Toen stond ze in zijn gezicht te schreeuwen: "LAVENDER WERKT NIET BIJ ARCHANGELS! Het is een verachtelijke, menselijke..." Ze haalde diep adem. "Het spijt me heel erg."

"Het is al goed. Ik snap het, je hebt slecht nieuws te vertellen. Het is beter om de pleister eraf te trekken. Wat ik bedoel is, vertel het me gewoon rechtuit."

"Heel goed. Daar gaan we."

E-Z leunde dichterbij, "Oké, schiet."

Uit de luidsprekers in de muur klonk een liedje, iets over het neerschieten van een sheriff.

Hij neuriede eerst mee, "Stop!" commandeerde E-Z. "En vertel me waarom ik hier ben."

"Hij wil meteen ter zake komen," zei Raphael tegen zichzelf. "Goed dan, hier is het. Ik kom meteen ter zake."

"Oké doe jij dat maar." zei E-Z, terwijl hij wenste dat ze dat zou doen.

"In een notendop," zei ze, "is Eriel op heterdaad betrapt - spelend voor beide partijen."

"Wat spelen?" Toen knikte er iets in zijn hoofd. "Nee, je kunt toch niet bedoelen dat hij ons verraden heeft?"

Ze tikte met haar knokige vinger op haar kin, terwijl E-Z zijn mond open en dicht deed als een minnow uit het water.

"Ja. Eriel was persoonlijk verantwoordelijk voor de dood van uw vriendin Rosalie. Hij was ook verantwoordelijk voor de vernietiging van De Witte Kamer. Allemaal hij. Allemaal Eriel."

E-Z nam het allemaal in zich op. Arme Rosalie. "Wacht! Werkte hij niet voor jou? Ik bedoel, had jij niet de leiding over hem? Hoe kon dit gebeuren tijdens jouw dienst? Ik heb het een en ander gelezen over aartsengelen, maar kinderen verraden die je vrijwillig helpen is wel het laagste wat je kunt doen. Ik denk dat luipaarden hun vlekken niet veranderen."

"Ik had niet de leiding over Eriel. Hij en ik waren collega's, kameraden. We werkten samen en ik dacht dat we elkaar respecteerden. Ik had het mis."

"En toch werd je gepromoveerd."

"Dat was zo, maar de twee dingen waren niet direct met elkaar verbonden. Alles wat ik je kan vertellen is dat Eriel ooit één van ons was, nu niet meer. Na ons en jou verraden te hebben. Nadat hij zijn principes de rug heeft toegekeerd, alles waar wij voor staan, ligt hij eruit. Ik bedoel voorgoed weg."

E-Z hijgde. "Vertel je me nu dat Eriel ons heeft ontmaskerd? Met ons, bedoel ik mij en mijn team?"

"Michael, onze leider, heeft Eriel ondervraagd. Het heeft wat moeite gekost om hem aan het praten te krijgen. Maar hij heeft bekend dat hij de Furies naar de aarde heeft gebracht. Om ze te gebruiken om zijn positie te verbeteren. Er is geen verlossing. Geen vergiffenis voor Eriel."

"Ik ben sprakeloos. Hoe heeft dit kunnen gebeuren?"

"Hoe? Als we wisten hoe, zouden we weten waarom - wat we niet weten. Wat we wel weten is dat hij Eriel is en Eriel doet altijd wat het beste is voor Eriel. We wisten dat hij problemen had en toch bleven we hem kansen geven om zichzelf te bewijzen - en toen hij faalde, vergaven we hem en gaven we hem nog een kans en nog een kans. We bleven in hem geloven, tot nu. Het is afgelopen met hem. Klaar."

"Klaar? Bedoel je dood? Sterven aartsengelen? En waarom gaf je hem zoveel kansen? Ken je het gezegde niet, drie keer raak en je ligt eruit?"

"Ja, ik heb die honkbalterminologie gehoord, maar we zijn aartsengelen en er wordt van ons allemaal verwacht dat we falen of op een bepaald niveau terugvallen. En je hebt gelijk over het Tuin van Eden incident. Onze geschiedenis gaat ver terug... maar we dachten dat we het beter deden, beter werden. Ik ben zelf de beschermheilige van jonge mensen, zoals jij en je vrienden.

"Daarom stelde ik voor om met jullie samen te werken om die verschrikkelijke Furies te verslaan. Het was Eriel die me daartoe aanzette. Hij heeft jou ontdekt. Die Hadz en Reiki naar je toe stuurde. Tot die vreselijke zusters kwamen, voegden we iets positiefs toe aan jullie levens... We gaven jullie een doel. Herinner je je de keren dat je wilde opgeven? Dat deed je niet omdat wij je hielpen om door te gaan."

"Oké, ik begrijp dat Eriel een slechterik is. Wat betekent dit voor mij en mijn team? Van waar ik zit, is onze missie gecompromitteerd. Dus we liggen eruit en ik denk dat je verder moet gaan met plan B."

"Het probleem is," zei Raphael, en stopte toen, toen het plafond boven zich weer opende en Ophaniel zonder enige ophef naar hen toe zweefde.

"Lang niet gezien," zei Ophaniel gericht tegen E-Z. Toen tegen Raphael: "Is hij op snelheid?"

"Ja, dat klopt. En ik ben blij dat je er bent, want hij wil weten wat ons Plan B is."

Ophaniel knikte. "Heel goed. Om het zo duidelijk mogelijk te zeggen, we hebben geen Plan B of C of D - omdat jij en je team al onze Plannen in één waren."

E-Z schudde ongelovig zijn hoofd. "Hebben jullie aartsengelen niet gehoord van de uitdrukking, leg niet al je eieren in één mandje?"

Ophaniel lachte. "Ja, het komt van Cervantes' personage Don Quichot, maar ik heb het nooit echt begrepen. Misschien omdat wij aartsengelen geen eieren eten. Alleen al de gedachte aan hun geleiachtige joekels - bah - maakt dat ik wil kotsen."

"Ik ook," zei Raphael, terwijl ze haar mond bedekte met de rug van haar hand. "Behalve dat ze er walgelijk uitzien, waarom zou je überhaupt eieren in een mand doen? Waarom geen schaal? Als je eieren klaarmaakt..."

"Mee eens," zei Ophaniel. "Ik heb Jamie Oliver een omelet zien koken. Hij gebruikt eerst een kom en dan kookt hij ze."

"Oh, broer en ik kan niet geloven dat jullie aartsengelen televisie kijken, laat staan naar Jamie Oliver." Hij schudde zijn hoofd. "Het betekent dat als je alle eieren bij elkaar legt, op één plek - zoals een mand of een schaal of pan of wat je maar wilt - als je de mand of schaal of pan laat vallen - dan zullen alle eieren kapot zijn en bedorven door de schalen - dus je hebt geen eieren voor het ontbijt."

"Maar kippen leggen toch elke dag eieren? Dus als je vandaag geen eieren krijgt, kom je morgen gewoon terug," zei Ophaniel.

"Wat is een dag zonder ei?" vroeg Raphael.

E-Z opende zijn hand en sloeg die tegen zijn hoofd. "Argghh!" De aartsengelen keken hem aan en wachtten terwijl hij heel diep inademde en vervolgens heel hard uitademde. "Wat gaan we aan deze Eriel-situatie doen?"

"Ten eerste," zei Ophaniel, "hier komen vandaag op uw speciaal verzoek, tromgeroffel - uw twee vrienden..."

POP

POP

Hadz en Reiki, of wat op de twee wannabe engelen leek, kwamen aan. Ze waren zwart van het roet, van top tot teen. Hun bloemblaadjes waren grillig, gescheurd, sommige waren open en omhoog, andere waren dood en verdord. Hun vleugels hingen, alsof ze vergeten waren hoe ze moesten vliegen of geen wil meer hadden, en hun gezichten, de uitdrukking op hun gezichten was er een van uiterste wanhoop.

"Wat is er met hen gebeurd?" vroeg hij.

Ophaniel kwam dichter bij de twee ontheemde wannabe engelen en ze deinsden terug.

"Jullie zijn nu veilig," zei Rafaël met een zachte moederlijke stem, waardoor ze in snikken uitbarstten, die overgingen in jammerkreten.

Ophaniel bedekte haar oren, ging toen dichter bij E-Z staan en fluisterde. "Eriel had ze gevangen. Het kostte ons wat tijd om ze deze keer te vinden. De arme mensen konden er niets aan doen dat hij hun krachten had afgenomen."

"Arme dingen," zei E-Z.

E-Z, Ophaniel en Raphael draaiden zich om naar de wezens. Hadz en Reiki probeerden te glimlachen. Ze kwamen niet eens in de buurt.

De twee spartelden in het rond, alsof ze een troep gieren van zich af probeerden te slaan.

"Wees stil," zei Ophaniel.

Hadz en Reiki hielden op met bewegen. Nu zaten ze als een stel vieze poppen met hun ogen gefixeerd op niets en niemand. Ze waren een schaduw van hun vroegere zelf.

"Ik wil niet onbeleefd zijn," fluisterde E-Z, "maar in hun huidige staat zullen ze ons niet veel helpen. Dat is als je ons kunt overtuigen om door te gaan met dit plan onder deze omstandigheden."

De woorden van E-Z troffen de twee wannabe engelen als een klap in hun gezicht.

POP

POP

"Wat ontzettend onbeleefd en onnodig wreed!" schold Ophaniel voor ze verdween.

ZAP

"Je hebt ons een heel wrede kant van je karakter laten zien E-Z Dickens en als je vader en moeder hier waren, zouden ze zich voor je schamen."

"Sorry," zei E-Z, "maar praat nooit meer met me over mijn ouders. Voor jullie aartsengelen zijn ze verboden terrein. Begrepen?"

Raphael knikte.

"Bovendien wilde ik hun gevoelens niet kwetsen. Natuurlijk kunnen we ze gebruiken. Als we tegen de Furies moeten vechten, hebben we alle hulp nodig die we kunnen krijgen. Kom alsjeblieft terug Hadz en Reiki. Geef me nog een kans."

Niets.

E-Z probeerde het opnieuw. "Kom terug en jullie zullen zeer welkome leden van ons team zijn."

POP

POP

Het paar was nu schoon en netjes zoals hun oude ik.

"Welkom terug," zei E-Z.

Hadz en Reiki vlogen naar hem toe. Ze namen elk plaats op een van zijn schouders. Ze beefden onwillekeurig, bang voor hun eigen schaduw.

"Het komt wel goed," zei hij. "We steunen je nu je deel uitmaakt van ons team."

Ze probeerden te glimlachen en hij waardeerde de poging.

"Dus," zei E-Z, "wat heeft Eriel de Furies precies over ons verteld?"

"Hij vertelde hen dat we kinderen stuurden om hen te verslaan - dat is alles."

"Is dat wat hij je verteld heeft? Hoe weten we dat hij niet liegt? En hoe komen we erachter wat het eindspel van de Furies is?"

"We denken te weten dat het eindspel van de Furies en Eriel was om de aarde te beheersen. Ze zouden AARDE PAUZE raken en het veranderen in Nieuwe Hades, oftewel de hel op aarde. Waar ze konden heersen door een team van zielen te vormen die aan hun genade waren overgeleverd. Ja, ze zouden de zielen vrij laten rondzwerven, maar als ze eenmaal hun vrijheid hadden - zouden ze die moeten opgeven."

"Waarom zouden ze akkoord gaan om het op te geven?" vroeg hij.

"Omdat mensen, zelfs menselijke zielen, het concept van vrijheid niet kunnen verwerken. In plaats daarvan worden ze liever beperkt. Gebrek aan vrijheid is de menselijke veiligheidsdeken."

"Dat is een leugen," zei E-Z. "Maakt me zo boos! Wij mensen kunnen onze vrijheid waarderen. We houden van de natuur, van het kunnen inademen van de lucht, van het delen van onze gedachten en gevoelens met anderen, van het waarderen van de wereld en alles wat we daarin hebben."

"Boos genoeg om te vechten voor jouw vrijheid en die van anderen?" zei Ophaniel.

E-Z had niet eens gemerkt dat ze terug was.

"Ja," zei hij. "Maar vertel me, in deze nieuwe wereld van hen, zouden ze alleen de zielen kiezen die ze konden beheersen. Wat zou er met de anderen gebeuren?"

"Ze zouden voor altijd rondzweven, zonder thuis," zei Raphael. "In hun nieuwe wereld zou het hiernamaals worden geëlimineerd. De aarde zou voor altijd in de staat van pauze zijn. Zielen zouden in lichamen blijven die niet langer in leven waren, noch zouden ze dood zijn. Er zouden geen harten meer kloppen. Geen liefde of kinderen meer om geboren te worden. Geen zielen om op te stijgen - niet meer - ooit."

E-Z bleef stil, nadenkend, alles in zich opnemend.

De stem in de muur vroeg: "Wil iemand een verfrissing?"

"Nee dank je," zei hij, maar hij was blij met de onderbreking omdat het hem terugbracht naar het moment. "Ik begrijp waar Eriel De Furies voor gebruikte. Het feit blijft dat hij een aartsengel is, net als jullie, en jullie wisten dat hij problemen had, maar toch gaven jullie hem kans na kans, zelfs toen hij het niet verdiende. Dus nu vraag ik me af waarom wij, ik en mijn team, moeten herstellen wat een van je eigen aartsengelen heeft verpest?"

"Omdat..." begon Raphael.

"Ik was nog niet klaar," zei E-Z, "want toen jij en Eriel mijn huis bezochten, toen hij mijn familie en de andere teamleden ontmoette, dachten we dat hij aan onze kant stond. Hij heeft gezien waar we wonen. Hij weet alles over ons. Door hem zijn we in groot gevaar."

"Dat is waar," zei Ophaniel.

"Onmiskenbaar en het spijt ons zeer," zei Raphael.

"Laat Eriel ze terugroepen. Hij heeft deze puinhoop gecreëerd en hij moet het oplossen." Hij sloeg zijn gesloten vuisten neer op de leuningen van zijn stoel waardoor Hadz en Reiki sprongen en rilden. Hij klopte de wannabe engelen op het hoofd. "Het is goed, het spijt me dat ik jullie van streek heb gemaakt."

"Bravo!" Hadz juichte.

"Hoera!" riep Reiki.

Raphael en Ophaniel zeiden eenstemmig: "Eriel is diep in de ingewanden van de aarde opgesloten. Hij is op een plek waar geen mens zou durven komen. Kortom, hij is onbereikbaar."

"Maar we zijn ooit uit de mijnen ontsnapt," zei Reiki.

"Twee keer," zei Hadz.

"Hij is niet in de mijnen, hij is op een andere plek, verder naar beneden, niet zo ver naar beneden als in de vuren, maar op een andere plek waar het zo koud is dat alles in ijs verandert, zelfs bloed dat door aderen stroomt. Een plek waar geen mens kan overleven!

"Eriel is daar ook machteloos, omdat hem zijn macht is ontnomen. Hij zit achter slot en grendel, hij ziet niemand. Hoort niets. Hij mag daar nooit meer weg - NOOIT meer."

"Ik wil hem spreken," zei E-Z. "Ik moet hem vragen stellen - vragen die alleen hij kan beantwoorden."

Raphael en Ophaniel schreeuwden: "Dat kan niet! Dat mag niet!"

"Dan trek ik de steun van mijn team in. Breng me alsjeblieft terug naar huis. Haruto en de anderen kunnen terugkeren naar hun families." Hij stopte met spreken toen een flits van PJ en Arden in zijn gedachten flitste. Als hij niets zou doen, zouden ze in coma blijven, misschien wel voor altijd.

Hij herinnerde zich alle keren dat ze hem hadden geholpen. Zijn eerste dag terug op school in een rolstoel. De keer dat ze hem weer lieten honkballen - alle jongens van het team stonden op het veld om hem te begroeten. De keer dat ze hem er doorheen hielpen toen zijn ouders stierven. Er viel een traan over zijn wang. Hij veegde hem weg.

"Grijp hem!" donderde een stem in de muur.

Toen werd het plotseling heel erg koud. Zo koud dat hij zich echt kon voorstellen dat het bloed in zijn aderen in ijs veranderde.

HOOFDSTUK VEERTIEN
ERIEL OP IJS

HELEMAAL ALLEEN. ZO HEEL erg alleen. En zo koud, zo heel erg koud. Het was alsof hij in een uitgehold ijsblokje zat. Als hij inademde, vulde het ijs zijn longen.

Hij ging naar de rand. Hij ademde erin. Het besloeg. Het was geen ijsblokje, het was een glazen blokje. En er was een handvat. Het leek alsof het van medaille was gemaakt. Uit angst dat zijn huid eraan vast zou plakken, gebruikte hij zijn shirt en opende het.

Binnenin lag een verzameling warme dekens, dekbedden, vesten, mutsen, handschoenen - alles. Hij reikte naar binnen en trok een laagje aan.

Terwijl hij zijn armen in het vest stak, vlogen zijn gedachten terug naar de tijd dat zijn vader een soortgelijke trui droeg tijdens een skitocht. Hij was groen, net als deze, en aan de buitenkant voelde hij kriebelig aan, maar aan de binnenkant was hij zo warm als toast. Toen hij hem om zich heen trok en de voorkant dichtknoopte, vulde de eikengeur van zijn vaders favoriete scheerlotion zijn neusgaten. rook de scheerlotion van zijn vader erin. Een sterk déjà vu gevoel overviel hem toen hij zijn vingers in een paar zwarte fluwelen handschoenen stak - handschoenen waarvan hij zwoer dat ze van zijn vader waren geweest. Maar dat konden ze niet zijn, want alles was vernietigd in de brand. Hij sloeg zijn armen om zich heen in een poging het warm te krijgen. Hij dacht dat het de kou was die zijn lichaam en geest overnam.

Hij schoof wat andere spullen weg en ontdekte op de bodem van de doos een deken die hij meteen herkende. Met de hand gebreid, door zijn moeder op de bank avond na avond en toen het af was nam het zijn plaats in - op de achterkant van de leren bank. Voor de filmavonden en om zijn ogen te bedekken als er iets engs gebeurde.

Hij deed de handschoenen uit en raakte het aan, om te zien of het echt was en streek het toen tegen zijn wang. De bloemige geur van zijn moeders parfum bereikte hem, troostte hem. Een traan liep over zijn wang terwijl hij de handschoenen weer aandeed en vervolgens de deken van zijn moeder om het vest van zijn vader wikkelde. Hij droeg de deken als een capuchon en nam zijn omgeving in zich op.

Boven zijn hoofd, maar naar beneden wijzend met hun scherpe stekels, waren stalactieten van ijs in alle maten en vormen. Als een van hen zou vallen, zouden ze de bovenkant van zijn schedel doorboren en helemaal tot aan zijn tenen doorlopen. Hij wenste dat hij een bouwmuts had.

BINGO

En er verscheen een gele helm op zijn hoofd, toen nog een en nog een en nog een. Hij voelde zich net Nieuwsgierige George en glimlachte. Nu was hij overal klaar voor.

Hij zocht naar een deur en baande zich een weg langs de wanden van de kubus. Er was geen handvat zichtbaar. In wat voor gevangenis hadden ze hem gedropt?

Eindelijk vond hij randen, in het midden van de rechtermuur. Hij trok een handschoen uit en krabde met zijn nagel over het oppervlak van wat al snel een raam bleek te zijn. Wat hij zag, maakte hem niet minder angstig. Zijn kubus was een van de vele die zich over de tunnel uitstrekten zo ver het oog reikte. Geen enkele bewoner was zichtbaar achter de glazen ramen van zijn eigen kubus.

Hij ademde op het glas en schreef het woord "HELP!" achterstevoren gespeld voor het geval iemand het zag. Toen wiste hij het snel uit en herinnerde zich voor wie hij was gekomen: Eriel.

E-Z liep langs de voorkant van de kubus, naar de andere kant en vond opnieuw een raam waarvan hij zeker wist dat het een raam was. Hij schraapte het oppervlak weg en vond al snel wie hij zocht: de verrader.

De eens zo machtige aartsengel zag er zielig uit, alsof iemand hem met een speld had doorboord en alle lucht eruit had gelaten. Zijn lichaam zat vast aan de muur. Eerst dacht E-Z dat hij op zijn plaats werd gehouden door de zwaartekracht of een onzichtbare kracht, maar toen realiseerde hij zich bij nader inzien dat Eriëls hele lichaam in een dik blok ijs zat. Eriëls kubus was naar zijn lichaam gekneed, dus ijswater vulde elk hoekje en gaatje van zijn gedaante en hij had, in tegenstelling tot E-Z, geen toegang tot dekens.

KLANK. KLANK. KLANK.

E-Z draaide zijn nek naar links toen hij voetstappen hoorde weerklinken. Hij voelde dat het ding dichterbij kwam, maar hij kon het niet zien.

KLANK. KLANK. KLANK.

E-Z schudde zijn hoofd. Hij moest zich concentreren, in het moment blijven en toch had hij weer zo'n vreemd déjà vu gevoel.

Zijn gedachten vlogen terug naar de droom die hij een tijdje geleden had gehad over een verjaardagsfeestje met PJ en Arden. In die droom was een figuur met een capuchon aangekomen, die een soortgelijk geluid maakte. De droom ging over het vinden van een vermiste baseballpet.

Toen het geluid oorverdovend werd, ving hij een glimp op van de figuur, die een krijger was, groter dan het leven met vleugels zo groot als twee volwassen esdoorns. In zijn ene hand droeg de aartsengel een gouden schild en in de andere een zwaard. E-Z schermde zijn ogen af toen het licht de romp van het zwaard raakte.

KLANK. KLANK. KLANK.

De aartsengelkrijger stopte voor Eriel, die zijn ogen niet ophief om de blik van de nieuwkomer te zien.

Tot hij stopte, had E-Z de enorme vleugels van de aartsengel niet opgemerkt, die terwijl hij had gelopen, in rust waren geweest. Nu richtte de krijger zich op, zodat de gezichten van hem en Eriel zich op gelijke hoogte bevonden.

"Je hebt bezoek," zei hij.

Eriel's ogen bleven neergeslagen.

"Je ogen houden me niet voor de gek," zei de krijger. "Je hebt jezelf te schande gezet. Je hebt ons allemaal te schande gezet - en toch heb je geen spijt en toon je geen berouw. Praat tegen me. Vertel me waarom ik je überhaupt een bezoeker zou toestaan."

Eriel bleef naar de vloer kijken, terwijl hij iets onverstaanbaars mompelde.

"Spreek!" eiste de krijger.

"Ik heb berouw!" Eriel spuwde. "Ik heb berouw omdat ik gefaald heb om..."

"Stilte!" eiste de krijger.

KLANK. KLANK. KLANK.

Nu stond de krijger aan de andere kant van het glas, oog in oog met E-Z.

"Ik ben Michael," zei hij.

"Uh, hoi, ik ben E-Z." Hij kende de stem van de man. Hij was degene die Raphael en Ophaniel had opgedragen hem met Eriel te laten spreken.

"Sta op," zei Michael.

"Ik kan niet lopen," zei hij.

"Dat kan als ik het zeg," onthulde Michael, "en ik zeg het. Sta op E-Z Dickens!"

E-Z voelde zich als iemand die zich voorbereidt om genezen te worden tijdens een dienst op televisie. Met tegenzin tilde hij zichzelf uit zijn stoel. Zijn benen wiebelden een beetje, meer van angst dan van ongeloof. Michael was tenslotte de machtigste aartsengel. Seconden later stond E-Z rechtop in de ijsmuur.

"Je wilde spreken met dat ding, dat gevallen ding daar aan de muur. Hij zal je niet helpen, want hij is verrot tot op het bot. En toch zou hij je moeten helpen. Hij zou ons allemaal moeten helpen om zichzelf te redden van het veranderen in een ijssculptuur - een vaste waarde van deze plek."

Met elk woord dat Michael sprak, voelde E-Z zich sterker en zelfverzekerder.

Eriel sloeg zijn ogen op.

Even zag E-Z daar iets. Was het verslagenheid? Was het wroeging?

Eriel sloot zijn ogen terwijl zijn lichaam slap werd in de ijsgevangenis die hem vasthield.

"Ik denk dat hij flauwviel," zei E-Z.

KLANK. KLANK. KLANK.

Michael keerde terug om zijn gevangenis van ijs beter te bekijken. Een slang gleed uit de bovenkant van zijn laars en begon naar het gezicht van Eriel te kruipen. Het ding gleed omhoog, omhoog, met zijn gevorkte tong heen en weer bewegend alsof het honger had naar bloed.

Michael zei: "Het lichaam van mijn vriend smelt zich een weg naar jouw gezicht Eriel. Ga je je ogen niet openen en hallo zeggen?"

Eriel opende zijn ogen en toen hij zag hoe de slang zijn lichaam binnendrong, slaakte hij een gil.

"GARUUUUUUUUUUUUUUUMMMMM!"

Michael knipte met zijn vingers en de slang stopte met bewegen. Met zijn nagel schraapte Michael over het ijs. Daarbinnen trilde Eriëls lichaam. Alsof hij werd geëlektrocuteerd.

"**MMMMM,hhhh,MMMMMMM!**"

"Stop!" riep E-Z die zijn oren bedekte. "Alsjeblieft!"

Michael stopte met krabbelen. Hij hief zijn arm op en de slang kronkelde zich om hem heen en glibberde terug naar de binnenkant van zijn laars.

"Deze jongen toont je genade Eriel. Het is meer dan je verdient."

Eriel bleef wanhopig kreunen.

Michael ging verder en draaide zich om naar E-Z: "Ik geef jullie vijf minuten om Eriel alle vragen te stellen die jullie hebben."

Dan tegen Eriel: "We kunnen je dwingen met hem te praten, maar ik heb liever dat je hem uit vrije wil helpt. Ooit koos je ervoor het leven van deze jongen te redden. Hij betaalde op zijn beurt zijn schuld terug. Nu heb je ons verraden en moet je ons vertrouwen terugwinnen."

Michael hief zijn voet op en schopte tegen de ijsstructuur waarin Eriel was opgesloten. Het schudde, maar barstte of versplinterde niet.

"Ik walg van je! Je verwacht dat deze menselijke jongen je fouten herstelt. Om je fouten recht te zetten. Toch wil hij je een kans geven om zijn vragen te beantwoorden. Dus, help hem. Dit is je enige kans, je enige kans om ons te bewijzen dat je nog steeds iets in je hebt dat het waard is om gered te worden. Een deel van je dat nog niet verrot is tot in je kern."

Eriel hief zijn ogen op, "Sire." Hij liet ze weer zakken.

"Misschien wordt het je vergeven, maar als je ervoor kiest om hem niet te helpen - zal je gebrek aan medewerking worden opgemerkt."

Eriel's ogen bleven op de vloer gericht.

"Begrijp je het?" vroeg Michael. Toen Eriel niet antwoordde, donderde Michaels stem verder met: "Begrijp je het?"

Voor E-Z leek het alsof het ijs om hem heen trilde en beefde bij het horen van Michaels stem en hij was opnieuw dankbaar voor alle helmen die zijn schedel beschermden. Hij hoopte dat ze genoeg zouden zijn, anders zou hij hier voor altijd begraven liggen met Eriel en Michael en zou hij Uncle Sam, of zijn vrienden, nooit meer zien.

Eriel knikte.

"Vijf minuten," zei Michael.

KLANK. KLANK. KLANK.

En hij was weg.

Hij en Eriel waren alleen.

E-Z kwam dichter bij Eriel staan en vroeg: "Hoe kunnen we de Furies verslaan?"

Eriel opende zijn mond om te spreken, maar zei niets. Hij sloot zijn ogen.

"Alsjeblieft," smeekte E-Z. "Help ons alsjeblieft."

KLANK. KLANK. KLANK.

Michael was al terug. Het konden nog geen vijf minuten zijn - nog niet. Hij had niets geleerd, helemaal niets van Eriel.

Eriel fluisterde met opeengeklemde tanden en klappertandend drie woorden: "Gebruik Rafaëls bril."

"Wat?" schreeuwde E-Z, terwijl hij met zijn vuisten tegen de ijswand beukte. "Hoe?"

Voor hij het wist stond hij weer in de deuropening van de keuken. Hij droeg niet langer de kleren van zijn ouders, maar de gecombineerde geuren van zijn vaders scheerschuim en zijn moeders parfum bleven hangen. Hij omhelsde zichzelf en luisterde hoe Charles de moraal van zijn verhaal uitlegde.

"De moraal van mijn verhaal," zei Charles, "is dat alles beter is als je vrienden hebt om het mee te delen."

"Oh," zei E-Z toen Samantha aankondigde dat het ontbijt werd geserveerd.

"Ga hier in de rij staan. Pak een bord, servet en bestek. Help jezelf," zei ze. "Het is een smorgasbord."

Sobo zei: "Sumogasubodo!" tegen Haruto, die een gilletje van verrukking slaakte.

"Ik heb sushi gemaakt," zei Samantha. "Het was mijn eerste keer."

Sobo knikte, "Dank je, maar laat me je de volgende keer helpen."

Samantha knikte: "Dat zou geweldig zijn."

E-Z schoof zijn stoel naar voren.

Oom Sam fluisterde toen hij naast hem liep: "Waar was je? Ik bedoel, je was daar, en je stoel stond daar, maar je was ook ergens anders, nietwaar?"

"Uh, ja, ik leg het later wel uit. Ik heb tijd nodig om alles wat er gebeurd is te verwerken. Geef me een paar minuten. Oh, en trouwens, bedankt."

"Waarvoor?" vroeg Sam.

"Voor het ontbijt was het net als vroeger. Leuk."

"Laten we ervoor zorgen dat we het snel weer doen."

"Zeker weten," zei hij terwijl hij op weg ging naar zijn kamer.

HOOFDSTUK VIJFTIEN

HOME SWEET HOME

N U ZE HELEMAAL ALLEEN waren, voelde het goed om te weten dat Eriel niet langer een fysieke bedreiging voor hen vormde. Hij was uitgeschakeld dankzij Michael, maar pas nadat hij iedereen had verraden.

Eriel was veel te ver gegaan, maar waarom? Waarom zou hij zijn eigen soort verraden? Hij wist heel goed dat Michael sterker was dan hij. Het sloeg nergens op.

POP.

POP.

"Welkom thuis!" zei hij.

Hadz en Reiki landden voor hem op het bed, "Dank je, E-Z. Je behandelt ons altijd vriendelijk."

"Het spijt me dat Eriel zo vreselijk tegen je deed. Het is goed dat hij nu opgesloten zit. Dat verdient hij."

"Wat vond je van hen?" vroeg Hadz.

"Ik weet niet zeker wat je bedoelt."

"We hebben de kist gestuurd."

"Oh, misschien werkte het niet," zei Reiki.

"Was jij dat?" E-Z's ogen traanden.

"Blij dat het veilig is aangekomen," zei Hadz terwijl de glimlach van het paar wannabe engelen zich zo over hun gezichten uitstrekte dat het leek alsof de rest van hun gelaatstrekken werden verzwakt.

"Heel erg bedankt. Ik dacht dat alles van mijn ouders vernietigd was in de brand." Hij haalde diep adem en vocht tegen de tranen. "Ik wou alleen dat ik het hier mee naar toe had kunnen nemen. Hoewel het veel betekende, om het zelfs maar te hebben voor..."

ZAP.

"Je hoefde het alleen maar te zeggen. Ze zijn tenslotte van jou," zeiden ze.

Het stond daar, aan het einde van zijn bed. De kist van zijn ouders, of wat ze hun dekenkist noemden. Daarin zaten schatten die hij als kind had doorzocht. En nu was het van hem. Een tastbare schatkist gevuld met herinneringen aan zijn ouders.

"Maar hoe?" vroeg hij.

"We hebben een paar dingen kunnen redden door in en uit te springen toen het huis in brand stond," zei Hadz.

"We besloten om ze veilig voor je te bewaren, totdat je er klaar voor was om ze terug te krijgen. We hopen dat de timing goed was."

Hij bewoog zich als in een droom naar de kist toe en opende het deksel. Een vleugje van zijn vaders muskus-houtachtige aftershave vermengd met zijn moeders zoet-citroenachtige parfum begroette hem als een omhelzing. Voorzichtig om niet alles in één keer te laten ontsnappen, sloot hij voorzichtig het deksel.

"Ik kan jullie niet genoeg bedanken. Ik zal jullie nooit kunnen bedanken. Ik zal alles een andere keer doornemen. Nogmaals, allebei heel erg bedankt." Hij strekte zijn armen uit en de twee wannabe engelen vlogen erin.

"Hij wordt te soppig," zei Hadz.

"Heeft iemand je gezegd; je moet naar de kapper?" vroeg Reiki.

E-Z kamde met zijn vingers door zijn haar en streek het middengedeelte naar beneden, dat door de vrieskou in het binnenste van de aarde overeind stond als haren in een borstel. "Beter?"

"Een beetje," zei Hadz.

"Oké, ik moet me concentreren. De anderen zullen hier snel zijn voor een update over de Eriel situatie. Ik moet ze vertellen over Michael. Denk je dat ze onder de indruk zullen zijn dat ik hem ontmoet heb?"

"Het maakt niet uit of ze onder de indruk zijn," zei Hadz. "Waar het om gaat is: heeft Eriel je iets verteld dat de moeite waard is?"

"Ja, maar ik probeer er nog steeds achter te komen wat hij bedoelde."

"Vertel het ons, misschien kunnen we het mysterie oplossen!"

"Wat wie bedoelde?" Vroeg Alfred, terwijl hij zijn snavel de kamer in stak.

"Kom binnen," zei E-Z.

Alfred waggelde naar binnen. Het was ruiperiode en een paar veren fladderden achter hem aan. "Hallo Hadz, hallo Reiki."

"Hoi," antwoordden ze.

"Lang verhaal, maar om meteen ter zake te komen, ik werd teruggeroepen naar de silo waar Raphael en Ophaniel me inlichtten over een situatie rond Eriel. Hij werkt aan alle kanten. Hij doet alsof hij een bondgenoot is van ons, de aartsengelen en de Furies. Maak je geen zorgen, zijn verraad is ontdekt en hij is gevangen genomen. Hij wordt bewaakt door de hoofd aartsengel Michael die me kort met Eriel liet spreken."

"En wat zei Eriel?" vroeg Alfred.

"Ik had maar tijd om hem één vraag te stellen. Dus vroeg ik hem hoe we de Furies konden verslaan. Daarom kwam ik hier, om na te denken over wat hij zei."

"Ah, dus je wilde alleen zijn?" vroeg Alfred. "Kom op Hadz en Reiki, laten we E- wat rust geven." Hij bewoog zich in de richting van de deur, maar ze bleven staan waar ze stonden.

"Een opgelost probleem is een gedeeld probleem," zongen ze.

"Dat is waar. En dat was de moraal van Charles' verhaal."

"Goed, kom maar bij elkaar." Hij pauzeerde en zei toen: "Eriel zei dat we Raphaels bril moesten gebruiken."

"Juist, dat was het?" zei Alfred. "Ik snap waarom je niet zeker weet wat hij bedoelde. Het is erg vaag."

"Ik weet het. En hij zei niet hoe je ze moest gebruiken."

Hadz leunde voorover en fluisterde iets tegen Reiki.

POP.

POP

En weg waren ze.

"Misschien, begin bij het begin. Vertel me precies wat Eriel je verteld heeft."

"Dat heb ik al gedaan. Hij zei dat ik Raphaels bril moest gebruiken. Dat was het. Michael had ons op een tijdklok. Eerst dacht ik dat Eriel geen woord zou zeggen. Hij zei die drie woorden en de tijd was om. Voor ik het wist was ik hier weer."

Alfred ijsbeerde en zag de dekenkist aan het einde van het bed. "Wat is dit dan?"

"Het was van mijn ouders," zei E-Z terwijl ze vocht tegen het snikken. "Hadz en Reiki hebben het uit het vuur gered. Ze hebben me net verteld dat ze het voor mij gered hebben - ze hebben zelfs hun leven op het spel gezet."

"Dat was zo," huilde hij, "attent van ze. Heb je het al meegemaakt?"

"Nee, maar dat doe ik wel."

"Hoe was Michael?"

"Hij kletterde veel als hij liep. Het deed me denken aan de droom die ik had over PJ, Arden en de guillotine."

"Oh, ik weet nog dat je ons over die droom vertelde. Was hij net zo eng als de beul?"

"Michael was erg boos en terecht. Eriel heeft hem verraden, alle aartsengelen en ons. Wat ik niet snap was wat zo'n risico waard kon zijn?"

"Macht - sommige mensen zouden er alles voor over hebben. Maar we moeten uitzoeken hoe we Rafaëls bril kunnen gebruiken om het plan van Eriel en de Furies te stoppen."

E-Z haalde ze van zijn gezicht. Toen hij hem droeg, pulseerde en bewoog het bloed niet in het montuur, zoals wel het geval was toen Raphael hem droeg. Bij hem waren ze net als alle andere brillen.

"Beveel de bril iets te doen," stelde Alfred voor.

"Bril verdwijnt," beval E-Z.

Hij liet ze vallen en ze belandden op de vloer.

E-Z zuchtte. Twee hoofden waren in dit geval zeker niet beter dan één. Hij lachte.

"Het was goed om Hadz en Reiki terug te zien. Zijn ze hier om te blijven? Ik bedoel, om ons te helpen?"

"Dat zijn ze ook, maar ze hebben de laatste tijd veel meegemaakt en ze lijden misschien aan PTSS - dat is posttraumatische stressstoornis."

"Ja, dat weet ik. Wat is er gebeurd?"

"Eriel is gebeurd, dat is wat er is gebeurd. Zo te horen heeft hij chaos en verwoesting aangericht op aarde en overal elders." E-Z pauzeerde. "Wat als ik de bril gebruik om mijn vorm te veranderen?"

"En wat doen?"

"Als ik van gedaante zou kunnen veranderen, zou ik de Furies kunnen bezoeken als Eriel."

"Dat zou alleen werken als ze niet wisten dat hij gepakt was," zei Alfred.

"Ja, maar als ze het niet wisten. Denk aan de schade die ik zou kunnen aanrichten. Ik zou naar binnen kunnen gaan. Ze zouden denken dat ik aan hun kant stond. En ik zou me tegen hen kunnen keren. BAM, ik zou ze zo uit het park kunnen slaan!"

POP.

POP.

"Dat zou veel te gevaarlijk zijn!" krijste Hadz.

"Veel te gevaarlijk!" echode Reiki.

"Bovendien hebben we een ander idee."

"Vertel het ons," zei E-Z.

"Ze hebben De Witte Kamer nagebouwd, dus we zijn teruggegaan om te kijken of er boeken zijn over de bril van Rafaël."

"En? Was er een boek?"

"Nee," zei Hadz.

"Maar we hebben dit gevonden," zei Reiki.

Het was een piepklein boekje, ongeveer zo groot als het uiteinde van E-Z's wijsvinger. De titel op de rug luidde: *Rafaëls Eerste Boek van Henoch*.

Hadz en Reiki bladerden door de pagina's omdat het boek het perfecte formaat had om samen vast te houden.

"Hier staat," las Hadz hardop voor, "dat Rafaëls doel was om de aarde te genezen die de gevallen engelen hadden bezoedeld."

"Weet je nog dat Raphael zei dat ik haar alleen kan aanroepen als het einde nabij is? Misschien onthullen de glazen hun krachten alleen aan mij als ze ook nodig zijn."

"Precies," waren Hadz en Reiki het eens.

"Ik denk dat we een brainstormsessie met de anderen nodig hebben, maar jouw idee om je uiterlijk te veranderen in dat van Eriel is een goed idee," zei Alfred. "We moeten alleen bedenken hoe we je kunnen steunen als je het doet - om je veilig te houden."

"Dat is een slecht idee," zei Hadz.

"Een heel slecht idee!" zei Reiki.

"Hoezo?" vroeg Alfred.

"Ten eerste weet je niet wat de Furies weten."

"Of weet het niet."

"Ten tweede kan het een val zijn."

"Een val georkestreerd door Eriel en de Furies."

"Ten derde, en het allerbelangrijkste,"

"Eriel is doodsbang voor Michael."

Eenstemmig zeiden ze: "Rafaëls bril moet de sleutel tot alles zijn. Eriel is op zoek naar vergeving en verlossing door Michael en de andere aartsengelen.

Het is zijn enige hoop. Jij bent zijn enige hoop. Daarom geloven we dat hij je de waarheid heeft verteld."

"Maar wat als de Furies niet weten van Eriel's - situatie? Terwijl zij in het duister tasten, hebben wij hier een voordeel," zei Alfred.

"Daar ben ik het mee eens," zei E-Z.

Lia stak haar hoofd in de kamer, gevolgd door de rest van de bende. "Wat is er?" vroeg ze.

"Kom binnen en ik zal het uitleggen. Oh, en doe de deur achter je dicht."

"Klinkt dubieus," zei Lia. Ze merkte Hadz en Reiki op en zwaaide naar hen. Toen sloot ze de deur achter hen en deed hem op slot.

HOOFDSTUK ZESTIEN

WAT TE DOEN

"GA ZITTEN, MAAK HET je gemakkelijk," zei hij, terwijl iedereen op zijn bed stapelde. "Ten eerste, voor degenen die hen nog niet hebben ontmoet - dit is Hadz, en dit is Reiki. Ze zijn vrienden en wannabe engelen. Ze zijn aangesteld om ons te helpen."

Haruto boog, Lachie zei: "Goedendag!" Charles en Brandy schudden hen de hand.

Nadat iedereen formeel was voorgesteld, ging het team langs de zijkant van het bed zitten. E-Z vond dat ze eruitzagen als passagiers die op een bus stonden te wachten.

"We zijn hier allemaal om de Furies te verslaan. Maar er is wat actuele informatie die we moeten overwegen. Voordat we verder gaan."

"Wat bedoel je?" vroeg Lia. "Suggereer je dat we ons misschien terugtrekken?"

E-Z schraapte zijn keel.

"Het is het beste als je me alles laat vertellen, dan kun je vragen stellen. Waarschijnlijk had ik daarmee moeten beginnen. Maar ik ben alles zelf nog aan het verwerken." Hij aarzelde. "Wat ik bedoel is, geef me wat speling hier, want het is een lastige situatie om en nog lastiger om het uit te leggen."

Iedereen knikte, dus ging hij verder.

"Eriel is in hechtenis genomen door de aartsengelen. Hij heeft hen verraden en ons. Hij is niet langer een bedreiging voor ons, maar hij heeft onze missie in gevaar gebracht. Het probleem is dat we niet weten hoeveel. Maar we weten wel meer over zijn bedoelingen - controle over de aarde krijgen met alle mogelijke middelen. Het opnemen tegen de aartsengelen om dat te doen, dat was een risico nemen - zelfs toen hij de Furies aan zijn zijde had."

Een hoorbare zucht van iedereen zorgde ervoor dat hij even pauzeerde voordat hij verder ging.

"De aartsengelen hebben hem de rug toegekeerd. Ik ontmoette Michael, die de aartsengelen leidt, en hij walgde van Eriel. En Eriel was doodsbang voor hem."

Meer hoorbare zuchten.

"Ons Plan A was om de Furies in de spelomgeving te vangen. Eriel was op de hoogte van dit plan. Hij moedigde ons zelfs aan om ermee door te gaan. Dus moeten we verder met Plan B. Het feit dat hij van Plan A wist, is voor ons genoeg om het af te wijzen."

Meer zuchten en een "Oh nee!".

"Dus, Plan B. Ik weet dat je het voor de hand liggende denkt: we hebben geen Plan B. Nou, dat hadden we ook niet. Maar nu wel. Vind je het schokkend om te weten dat ons Plan B uit de mond van onze verrader komt?"

Iedereen knikte.

"Zoals ik al eerder zei, heb ik Michael ontmoet. Hij was het die Eriel voorstelde dat hij clementie zou krijgen als hij ons zou helpen.

"Michael gaf ons maar vijf minuten samen. En het grootste deel van die tijd zei Eriel niets. Toen, net toen de tijd bijna om was, zei hij drie woorden: "Gebruik Rafaëls bril" - dat was het. Ik herinnerde me later dat Raphael had gezegd dat Charles ons geheime wapen kon zijn, dus met de bril hadden we misschien twee wapens waar zij niets van wisten."

Charles hijgde.

E-Z erkende Charles met een knikje.

"Maar voordat we het beperken en brainstormen, moeten we eerst het grote geheel bekijken en beslissen of dit ons gevecht is. Of dit iets is waar we nog steeds als team bij betrokken willen zijn.

"Dankzij Eriel leef ik vandaag nog. Hij redde me en zei toen dat ik bij hem en de andere aartsengelen in het krijt stond. Om deze schuld in te lossen voltooide ik verschillende beproevingen. Alfred en Lia kwamen erbij en samen vormden we De Drie. En toen gingen we op hun verzoek uit elkaar.

"We zetten onze eigen superheldenwebsite op en hielpen mensen. Totdat de aartsengelen onze hulp inriepen om de Soul Catcher-piraten te verslaan. Na verloop van tijd leerden we wie ze waren: De Furies, machtige en kwaadaardige Griekse godinnen die waren teruggekeerd.

"Hadz en Reiki namen me mee op verkenning, om me hun hoofdkwartier in Death Valley te laten zien. Daar zag ik met eigen ogen de opslag van containers gevuld met de zielen van kinderen. Later werden PJ en Arden van ons weggenomen. Hun toestand is niet veranderd. En we zagen uit de eerste hand, dankzij Raphael, die gemene godinnen aan het werk.

"De Furies zijn waardige tegenstanders. Als we tegen hen vechten, kunnen we sterven. Dit is natuurlijk geen recente informatie, maar is het de moeite waard om ons leven te riskeren nu Eriel ons verraden heeft?

"Alles in overweging nemend, en vooral dat we twee geheime wapens aan onze kant hebben. Al zijn het wapens waarvan we niet weten hoe we ze kunnen gebruiken. Misschien bevinden we ons in een goede situatie om dit gevecht te winnen. Als we bij elkaar blijven en elkaar steunen. Als we bereid zijn ons leven op het spel te zetten voor het grotere goed. Voor het welzijn van de aarde, het redden van de aarde. Wat zegt gij?"

Voor hij het wist stuiterde iedereen - behalve Alfred - rond op het bed en zei: "Eén voor allen en allen voor één!"

E-Z stak zijn hand op. "

"Iedereen die voor het bestrijden van de Furies is, zeg Aye."

De beslissing was unaniem.

Sobo klopte op de deur en vroeg: "Misschien kan ik ook helpen."

HOOFDSTUK ZEVENTIEN

VRAAG HET CHARLES DICKENS

BRANDY SPOTTE HOORBAAR WAARDOOR iedereen in de zaal in haar richting keek. Nu ze ieders aandacht had vroeg ze: "En hoe ga jij, een oudere burger, ons team van superheldenkinderen helpen om de drie machtige boze godinnen te verslaan?"

Er klonk een zucht door de kamer, waardoor Haruto zich snel naar de kant van zijn Sobo bewoog. Hij pakte haar hand en hield die tegen zijn hart.

Sobo, die zich niet liet afschrikken door Brandy's onwetendheid, fluisterde kalmerende woorden in het Japans tegen haar kleinzoon.

"Verontschuldig je," eiste E-Z.

"Het is goed," zei Sobo. "Ze heeft gelijk, ik ben misschien geen superheld zoals jullie allemaal, maar iedereen in dit leven heeft iets te geven."

"Sorry, Sobo," zei Brandy. Daar liet ze het niet bij. "Wat ik bedoelde was..."

"Zip it!" riep Lia uit. "Kom binnen, Sobo."

"We kunnen alle hulp gebruiken," zei E-Z.

Charles stond op en bood zijn plaats aan aan Sobo en Haruto.

"Dank je," zei Sobo, en zij en haar kleinzoon zaten een paar tellen naast elkaar zonder te spreken.

"Voel je je wel goed genoeg?" vroeg Haruto.

"Ja, kleintje, zei Sobo. "Ook ik heb een superkracht. Die superkracht heet transformatie. Ik heb vele levens geleefd en vele rollen gespeeld...met elk leven leer ik iets nieuws. Ik sta open om te leren, daar gaat het om in het leven. Ik bied mijn leven aan; ik zou alles doen om jullie te redden. Jullie allemaal."

"Zelfs ik?" vroeg Brandy.

Sobo lachte. "Vooral jij, kind."

Brandy stak de kamer over en sloeg haar armen om Sobo's nek. "Dank je wel. Maar waarom speciaal mij?"

Haruto stond op en riep met zijn handen op zijn heupen uit: "Omdat je een gek bent!"

Iedereen lachte, ook Brandy.

Sobo zei: "Omdat je onverschrokken bent. Ja, onbevreesd zijn is een krachtige emotie, maar je moet geduld leren. Je hebt beide nodig om in deze wereld te overleven. Met beide zul je nog meer een kracht worden om rekening mee te houden. Het leven gaat over veranderen, jezelf van binnen naar buiten, van buiten naar binnen. Leer. Groei. We moeten zijn als de bomen, veranderend met de seizoenen, buigend met de wind."

"Zo mooi," zei Charles.

"Maar de wereld is gevuld met zowel goed als kwaad," zei Sobo. "Het moet zo zijn. Het ene moet bestaan om het andere te laten bestaan. En wij, jij en ik en iedereen hier, wij moeten alleen vechten voor de kant van het goede. In deze wereld kan er maar één winnaar zijn. Die winnaar moet voor het welzijn van de hele mensheid zijn."

Sobo stopte met spreken. Terwijl ze op adem kwam, bleven de anderen stil en wachtten tot ze verder zou gaan.

"Waarom ik hier ben," ging Sobo verder, "is om Rosalie de groeten te doen."

"Jij en Rosalie, Sobo, maar hoe?" vroeg Lia.

"Rosalie kwam naar me toe in een droom. Hoe wist ik dat zij het was? Omdat ze me dat vertelde. Dromen zijn krachtige eenheden. Geesten doorkruisen werelden en vermengen zich met ons om bij ons te zijn, of om ons dingen te vertellen die we niet weten, zoals waarschuwingen, voorgevoelens. Rosalie wilde ons helpen de strijd aan te gaan, te vechten en te winnen."

"Ja," zei E-Z. "Ik droom vaak van mijn ouders. Soms onthullen ze me dingen, of vertellen ze me dingen die ze niet konden weten. Tenzij ze mijn leven met me deelden."

"Ja, liefde is een krachtige emotie die geen grenzen kent. Degenen van wie je houdt zullen je zoeken, vinden, helpen, zelfs in de meest donkere tijden."

"Is ze," vroeg Lia, "gelukkig?"

Sobo glimlachte. "Geluk is niet alles. Laat me je vertellen dat ze zichzelf is. Dat is alles wat je moet weten. En als zichzelf, als een schip dat vecht aan de kant van alleen het goede, gelooft ze in u, meneer Charles Dickens. U bent onze kracht."

"Ik?" vroeg Charles.

"Ja, Charles. Breng ons naar de bibliotheek. De bibliotheek in de wolken."

"Ik heb er nog nooit van gehoord. Ik kan je er niet heen brengen. Ze moet me verward hebben met een van de anderen."

"Welke bibliotheek?" vroeg Brandy.

"En waarom is het in de wolken?" vroeg Lia.

"Ik ben er geweest," zei Sobo. "Het is heel oud en het is beschermd... alleen degenen die het weten, weten het."

"Ik ben niet een van hen," zei Charles.

"Je hebt alleen een beetje hulp nodig," zei Sobo. "Geef hem Raphaels bril en hij zal dan op de hoogte zijn."

"Wacht even," zei E-Z. "Hoe ben je daar gekomen?"

"Geloof je me niet?" Sobo glimlachte. "Rosalie bracht me daar in een droom...ze is een geest...en ze leidde me als een droomwandelaar."

"Weet je zeker dat het geen herinnering was die ze deelde over de Witte Kamer?"

"Absoluut niet. Hoe weet ik dat?" vroeg Sobo. "Omdat Rosalie me vertelde dat ze nooit meer terug wilde naar de plek waar ze vermoord is door die gemene zussen."

"Dat klinkt logisch, en toch, iets wat Raphael zei over het nooit overhandigen van de bril - aan niemand - maakt me bezorgd om tegen haar wensen in te gaan."

"Wat als Rosalie niet een van de ingewijden is?" vroeg Sobo. "Moeten we deze kans om de Furies te verslaan voorbij laten gaan door de laatste informatie van Rosalie, een vertrouwde vriendin en vertrouwelinge, af te wijzen?"

"Vertel me eerst," zei E-Z, "hoe was het?"

Sobo sloot haar ogen. "Stel je een tijd voor waarin je het warme water alleen onder de douche of in bad aanzette, zonder ventilator en zonder raam open. Je verliet de kamer om iets te pakken en sloot de deur. Toen je de deur later opendeed, was de kamer gevuld met stoom en toen je binnenkwam kon je niets zien - in het begin. Maar je ogen pasten zich aan en toen kon je alles zien. Zo was het ook voor mij toen ik voor het eerst binnenkwam in de Wolkenbibliotheek."

Ze opende haar ogen. "Stel je het binnenste van de wolk voor waar boeken bestonden. Elk boek dat geschreven en gepubliceerd is, ligt daar voor je. Beschikbaar om te lezen, te nemen, te leren. Zo was het in de Wolkenbibliotheek. En het is de bedoeling dat we het allemaal zelf gaan zien, nu. Vandaag."

"Het klinkt magisch," zei Charles. "Ik wil erheen. Ik wil jullie er allemaal heen brengen."

"Het klinkt te mooi om waar te zijn," zei Brandy.

Sobo glimlachte.

E-Z aarzelde voordat hij de bril afnam en hem aan Charles gaf.

"E-Z," zei Sobo, "Rosalie vertelde me dat Charles de uitzondering op Raphaels regel was. Weet je nog? En zij was degene die onthulde dat Charles ons geheime wapen was."

E-Z knikte en gaf de bril aan Charles.

Zonder aarzelen zette Charles ze op. Terwijl hij ze achter zijn oren stopte, pulseerden de kleuren op de monturen in alle kleuren die de mens kent. Alle kleuren behalve rood. Toen de bril zich vestigde in een grasgroene tint, draaide Charles' nek naar links rechts rechts links. Hij ging rechtop staan en staarde voor zich uit.

"Ik ben er klaar voor," zei hij. "Houd elkaars hand vast, zodat we allemaal verbonden zijn, en ik breng je erheen."

"Wacht op ons!" riepen Hadz en Reiki, terwijl ze op E'Z schouders sprongen en zich vasthielden voor het lieve leven. Even later was er nog niemand weg.

HOOFDSTUK ACHTTIEN

WAT GING ER MIS?

"**I**K SNAP HET NIET," zei Charles. "Ik kon het in mijn hoofd zien. Misschien heb ik instructies nodig, of magische woorden. Heeft Rosalie je iets speciaals verteld dat ik moest doen behalve de bril op Sobo zetten?" vroeg Charles.

Sobo schudde haar hoofd. "Probeer eens iets anders."

"Breng ons naar de Wolkenkamer!" eiste hij.

Deze keer zwaaide iedereen als groep, alsof iemand een raam had opengezet.

"Sluit je ogen," zei Charles. "Iedereen klaar?" Iedereen knikte. Hij sloot zijn ogen toen de groep superhelden plus Sobo uiteenviel.

"Iets voelt, anders," zei Lachie terwijl hij zijn ogen opende. "Ik voel me anders."

E-Z voelde zich ook vreemd toen hij zijn ogen opende. Hadz en Reiki lagen nu te snurken. Het leek een vreemd moment voor hen om een dutje te doen. En, wat was er nog meer anders? Raphaels bril had geen kleur. Waarom? Dat was nog nooit eerder gebeurd. En wat nog meer? Alfred - waar was Alfred?

"Alfred? Waar ben je?"

Lia barstte in tranen uit.

"Waarom huil je?" vroeg E-Z.

"Omdat ik niets kan zien, niet met mijn handen. Niet meer."

"Charles. De bril," zei Brandy.

"Hoe zit het met de?" verwijderde hij.

Ze bedekten hun oren toen Sobo haar hoofd achterover gooide en jammerde als een banshee, totdat de zachte orkestmuziek haar kreten overstemde en iedereen in slaap viel.

NU DE TWEELING SLIEP, vroegen Samantha en Sam zich af hoe de vergadering in de E-Z kamer verliep. Toen ze aankwamen, was de deur op slot en niemand deed open toen ze aanklopten.

"Dat is vreemd," zei Sam. "E-Z doet de deur nooit op slot.

"Pak de sleutel," zei Samantha.

Sam had een slecht voorgevoel toen hij de sleutel in het slot stak.

Sam en Samantha keken toe terwijl Sobo, Brandy, Lia, Lachie, Haruto, Charles en E-Z voor zich uit staarden als etalagepoppen.

"Ze ademen nauwelijks," zei Sam.

"En waar is Alfred?"

"En waarom draagt Charles de bril van Raphael?"

"Ik ben bang," zei Samantha terwijl ze de hand van haar man in de hare nam.

"Ik denk niet dat we hier iets moeten verstoren," zei Sam. "Ik heb het gevoel dat er iets gaande is waar we niets van weten."

"Het is eng."

"Wat is dat?" vroeg Sam, terwijl hij de doos aan het einde van E-Z's bed opmerkte. "Ik geloof het niet! Dat kan niet." Hij bukte zich en tilde het deksel op van de kist die hij vaak in de kamer van zijn broer had gezien. Een kist waarvan hij dacht dat hij in de brand was vernietigd. Net als bij E-Z kwamen de herinneringen die de geuren in de kist opriepen naar boven en hij werd overspoeld door emoties.

"Laten we hier weggaan," zei Samantha. "Je kunt me buiten meer vertellen over de kist."

"Laten we het wat tijd geven. Ze zullen snel wakker worden en..."

"Ik denk niet dat we een andere keuze hebben," zei Samantha terwijl ze de deur achter zich dichttrok.

HOOFDSTUK NEGENTIEN

DE KLOUDEKAMER

CHARLES BLEEF EVEN STAAN en nam zijn omgeving in zich op. Had hij hen naar de verkeerde plek gebracht? Hij en de anderen (die allemaal sliepen) bevonden zich hoog in de lucht, zonder ook maar één wolkje te zien. Ze waren midden op een platform van glas geland. Hij had geen idee hoe het overeind werd gehouden. Hij merkte dat de rolstoel van E-Z naar voren rolde, dus haastte hij zich om hem wakker te maken.

"Waar zijn we?" vroeg hij, terwijl hij Hadz en Reiki, die nog steeds slapend op zijn schouders lagen, wakker schudde.

"Wakker worden! Wakker worden!" commandeerde Karel.

Eén voor één openden ze hun ogen en toen ze zich realiseerden hoe hoog ze zaten, klampten ze zich aan elkaar vast in een poging niet te bewegen. Ze probeerden niet naar beneden te kijken door de ruit die hen tegenhield om op de grond neer te storten.

"Ik wou dat dit ding een reling had!" riep Lia uit. Ze kon nu alles zien, maar een deel van haar wenste van niet.

"Wat het tegenhoudt, dat is wat ik niet kan achterhalen," zei Charles.

"Ik was nooit zo'n b-grote fan van hoogtes," zei Brandy, terwijl ze de dichtstbijzijnde hand van Charles vastpakte.

"Oh," zei hij, terwijl hij voelde hoe koud haar hand was.

"Ik ga daarheen vliegen en een kijkje nemen," zei E-Z, en hij vloog weg. Hij bewoog rond het platform dat uit het niets leek te zijn gegroeid, zonder houvast en zonder anker dat het op zijn plaats hield.

Haruto hield de hand van zijn oma vast. Ze werd langzamer wakker dan de anderen. Toen ze volledig wakker leek, was "Oh nee," het enige wat ze zei. Steeds weer opnieuw.

"Dit is toch niet De Wolkenkamer waar Rosalie je mee naartoe nam?" vroeg Charles.

Sobo deed een stap, twee stappen, terwijl de kinderen zich aan haar vastklampten. Ze sloot haar ogen, kneep ze stevig dicht en opende ze weer.

"Wat ben je aan het doen?" vroeg Brandy.

"Ik ben op zoek naar de boeken," zei Sobo. "Als dit de plek is, dan zouden er boeken moeten zijn. Veel boeken. Ik zie er geen. Niet één."

E-Z, die nog steeds de structuur van het platform aan het onderzoeken was, vroeg: "Voelt het alsof we op de juiste plek zijn? Kunnen de boeken vermomd zijn? Kan iemand ze zien?"

Iedereen schudde nee met zijn hoofd, zelfs Hadz en Reiki, die tot nu toe geen woord met elkaar hadden gewisseld.

"Ik heb een slecht, slecht gevoel over deze plek," zongen Hadz en Reiki eenstemmig.

Charles aarzelde voordat hij sprak. "Ik zag een bibliotheek in mijn hoofd toen ik de bril opzette en het was zoals Sobo het ons beschreef. Er was geen glazen platform. Deze plek is niet wat ik me had voorgesteld. Eerst dacht ik dat de bril een fout had gemaakt, maar nu, als Hadz en Reiki een slecht gevoel hebben, en Sobo ook, denk ik." Sobo knikte en hij merkte dat ze trilde. "Ik denk dat we hier weg moeten - en snel."

E-Z merkte dat Alfred ontbrak. "Weet iemand wat er met Alfred is gebeurd? We waren allemaal verbonden door aanraking toen we hier kwamen. Hoe kan hij gehecht zijn geraakt?" Nu merkte hij dat Hadz en Reiki er niet helemaal bij leken te zijn. Bijna alsof ze gedrogeerd waren, want hun ogen draaiden naar achteren in hun hoofd en ze hadden moeite om wakker te blijven.

"Zwanen hebben geen vingers om aan te raken," zongen de twee wannabe engelen eenstemmig. Ze begonnen te lachen en draaiden rondjes totdat ze te duizelig werden om te blijven drijven en met een SPLAT op de glazen vloer vielen.

"Oké Charles, dat is genoeg bewijs voor mij. Breng ons terug naar huis - nu."

Charles, die Raphaels bril had afgezet, zette hem nu weer op met de bedoeling om E-Z's bevelen op te volgen, riep uit: "Oh, daar zijn ze!"

"Kun je de boeken nu zien?" vroeg Sobo.

"Ik kon het niet toen we aankwamen, maar nu wel. Wat moet ik nu doen?"

"Het slaat nergens op," zei Sobo, "waarom zouden ze voor jou vermomd zijn en dan onthuld worden? Rosalie heeft het hier niet over gehad."

"Ik denk dat de lucht hier onze hersenen aantast," zei E-Z. "Ik begin me duizelig te voelen, licht in mijn hoofd. We kunnen hier beter snel weggaan, anders eindigen we met ons gezicht naar beneden op het platform, net als Hadz en Reiki."

Charles stak zijn hand uit en er vloog een boek in dat hij in zijn shirt stopte. "Breng ons terug!" riep hij. Net als de eerste keer dat ze het probeerden, gebeurde er niets.

"Misschien moeten we elkaars hand vasthouden," zei Sobo. "En onze ogen weer sluiten."

Ze deden beide en meteen begonnen enorme windvlagen hen omver te blazen op het platform.

Ze droomden samen, als een footballteam voor een grote wedstrijd, en klampten zich aan elkaar vast. Ze duwden hun voeten op het platform in de hoop dat ze niet weg zouden vliegen.

E-Z probeerde een uitweg te bedenken. Was de enige manier om Raphael op te roepen om hem te hulp te schieten? Hij keek naar Charles, die leek te verdwijnen. "Charles!" gilde hij, en toen zag hij over zijn schouder Baby, Kleine Dorrit en Alfred snel op hen afkomen.

Alfred schreeuwde: "We moeten je hier weghalen, nu! Deze plek is als een baken dat je verlicht zodat de hele wereld je kan zien, inclusief de Furies!"

Sobo snikte, "Ik wist niet dat ze Rosalie als val gebruikten."

"Charles heeft de boeken gezien en hij heeft er zelfs een gekregen. Laten we onszelf in veiligheid brengen. Niemand treft schuld. Jullie bedoelingen waren allemaal goed," zei E-Z.

"Dank je," zei Sobo terwijl ze net als Charles in en uit begon te gaan. Brandy pakte haar hand en hield hem stevig vast tot Sobo niet meer vervaagde.

Alfred zei: "Kom op!"

Lachie sprong op Baby's rug, trok de bevende Charles met zich mee en weg waren ze. Het boek dat hij daar vasthield rekte zich uit aan de binnenkant van zijn overhemd en twee van de knopen van zijn overhemd vlogen eraf. Met één arm hield hij het boek stevig vast en met de andere hield hij Lachie vast terwijl Baby het tempo opvoerde.

Kleine Dorrit boog voorover zonder het platform aan te raken, zodat de rest aan boord kon stappen, terwijl E-Z Hadz en Reiki pakte. Ze vlogen weg, Alfred en E-Z vlogen zij aan zij, terwijl de lucht veranderde van blauw naar zwart, van zwart naar blauw, naar zwart, en de sterren kwamen tevoorschijn, maar het waren geen sterren. Het waren oogballen. Oogballen die Booger afvuurde, zoals hij die in Death Valley was tegengekomen toen hij de Furies voor het eerst ontmoette.

SPLAT. SPLAT. SPLAT.

SPLAT. SPLAT. SPLAT. SPLAT.

SPLAT. SPLAT. SPLAT. SPLAT. SPL-

Charles schreeuwde uit volle borst: "THUIS!" En deze keer werkte het. Ze waren weer thuis. Veilig.

Haruto sloeg zijn armen om zijn oma heen.

"Zo blij om weer thuis te zijn," zei de een tegen de ander.

Even later kwamen Sam en Samantha aan.

✳✳✳

"WE ZAGEN JULLIE LICHAMEN slapen in jullie kamer. We wisten niet wat we moesten doen," zei Sam.

"Het is een lang verhaal," zei E-Z.

Sobo vroeg Charles: "Is het je gelukt om het boek vast te houden?" "Natuurlijk," zei Charles terwijl hij het omhoog hield. Het was een groot boek, hardcover, met een dikke rug die voor iedereen te zien en te lezen was.

Grote verwachtingen door Charles Dickens.

"Je hebt een van je eigen boeken meegenomen?" riep Brandy uit.

Lachie spotte.

"I..." zei Charles. "Je zei dat ik een willekeurig boek mocht kiezen, en dit was het boek dat ik willekeurig pakte."

"Alles gebeurt met een reden," zei Lia.

"Maar dit gaat echt te ver," riep Brandy uit.

"Kalmeer allemaal," zei E-Z. "Charles heeft zijn best gedaan onder de omstandigheden - en HIJ kon tenminste de boeken zien. Niemand van ons kon dat."

"Great Expectations," zei Alfred, "is een grrr-etend boek!" Hij klonk als de Britse versie van Tony de Tijger in de reclame voor ontbijtgranen.

"Hij heeft gelijk," beaamden Sam en Samantha. "Het is een van de beste romans ooit geschreven."

Charles nam Raphaels bril af en gaf hem terug aan E-Z die hem meteen opzette. Hij schudde zijn hoofd, maar de titel van het boek dat Charles nog steeds vasthield was anders. Hij las de nieuwe titel hardop voor,

Field of Dreams door W. P. Kinsella."

"Laat mij eens proberen," zei Lia terwijl ze Raphaels bril pakte.

"Wacht!" riep E-Z, toen Lia ze van zijn gezicht haalde. "Doe ze niet aan. Onthoud dat Raphael zei dat alleen ik ze mocht dragen, maar ik heb een uitzondering gemaakt voor Charles vanwege Sobo's droom, maar ik denk niet dat we ze moeten ronddelen. Bovendien weten we het antwoord al op de vraag die we ons allemaal stellen. Het is een boek dat elke titel wordt die de lezer wil zien."

"Of moet zien," zei Sobo.

"Maar ik wilde of hoefde Great Expectations niet te zien. Ik heb er zelfs nog nooit van gehoord!"

"Maar stel je voor," zei Sam, "wat voor soort bibliotheek het in de toekomst zou kunnen zijn. We hoeven alleen maar de titel van een boek te bedenken en voila, we hebben het in onze handen."

"Dat zou niet erg goed zijn voor de auteurs, ik bedoel hoe zouden ze betaald worden?" vroeg Samantha.

"Ik weet niet hoe het allemaal zou werken en misschien missen we hier iets groots," zei Alfred.

"Groot, zoals wat?" vroeg E-Z.

"Wat als het het boek was, dat de lezer koos in plaats van andersom?"

"Doo-doo-doo-doo," zong Brandy op de muziek uit The Twilight Zone.

"Even recapituleren. Sobo had een droom waarin Rosalie haar De Wolkenbibliotheek liet zien en met Raphaels bril kon Charles ons erheen brengen. Wat hij ook deed, maar de plek was niet zoals verwacht. Alleen Charles kon de boeken zien, hij pakte er een en op de terugweg werden we aangevallen door boogschietende oogballen die leken op die van Hadz Reiki en mij in Death Valley." "Dat is het in een notendop," zei Brandy.

"Wat ik me afvraag is of Eriel de Furies heeft verteld dat Raphael E-Z haar bril heeft gegeven," vroeg Lachie.

"Dat is iets wat we misschien nooit zullen weten," zei E-Z, "want Michael gaf Eriel maar één kans om met me te praten." Hij liep naar het raam en keek naar buiten. "Ik vraag het me af," zei hij.

"Vraag je je wat af?" riep iedereen uit.

"Als de Furies weten van de bril en hun krachten. Als ze ons via Rosalie naar de Wolkenbibliotheek hebben gelokt, dan moeten ze ook van Charles weten. Dat betekent dat hij niet langer een geheim wapen is. Hoe hadden ze dat kunnen weten? En toch, de oog snotjes - dat is te toevallig."

"Eriel zei dat je de bril moest gebruiken," zei Alfred.

"Ik zag hem, hoe hij werd vastgehouden en er was geen enkele manier, geen enkele manier mogelijk dat hij The Furies had kunnen berichten...niet met Michael die elke beweging van hem bewaakte." E-Z rolde terug naar waar de anderen waren. "Trouwens Alfred, hoe ben je van ons gescheiden geraakt?"

"Ik was verdwaald in een zwarte wolk, totdat ik Kleine Dorrit en Baby riep om me te helpen en je weet de rest."

"Het was zo raar," zei Charles. "Het ene moment kon ik de boeken niet zien, ik deed de bril af, zette hem weer op en ze waren overal. Toch was ik de enige die ze kon zien."

"Ik kon ze zien" zei Baby. "Deze vloog naar me toe," hij gooide hem naar Charles die hem met twee vingers opving.

Het was een miniatuurboek, met een kleine titel op de rug die iedereen hardop voorlas:

"Alles wat je ooit wilde weten over de Furies maar niet durfde te vragen door Anoniem."

"Scoren!" riep Brandy uit.

Ze verzamelden zich rond het kleine boekje, terwijl Charles het voorzichtig opende. De voorkant was blanco, net als de eerste pagina. Hij sloeg de volgende bladzijde open, waar woorden stonden die meteen begonnen te bewegen, te schuifelen. De woorden zweefden rond op de pagina, schuifelend en herschikkend alsof ze vergeten waren welke woorden en taal ze moesten voorstellen.

E-Z, die nog steeds Raphaels bril droeg, voelde zich duizelig toen de woorden zich omdraaiden en hij zette hem af.

"Probeer jij het maar," zei hij tegen Charles, terwijl hij de glazen overhandigde.

Charles trok ze aan en deed ze snel weer uit, haastte zich naar het raam voor wat frisse lucht. Hij gaf ze terug aan E-Z.

"Nu jij," zei hij tegen Sobo, die net als Haruto weigerde de bril op te zetten."

"Ik zal het proberen," zei Lia, maar ze voegde zich al snel bij Charles bij het raam.

"Lachie?" vroeg E-Z.

"Natuurlijk," zei hij, terwijl hij de bril opzette en meteen weer afzette. "No go," zei hij, terwijl hij op het bed neerplofte.

"Laat mij eens proberen!" zei Brandy, terwijl E-Z de bril in haar hand stopte en ze hem op haar gezicht aanbracht. "Wacht even," zei ze, "ik denk dat ik iets zie, het is het is..." en ze spuwde een groene substantie die gelukkig de muur raakte in plaats van een persoon.

"Kom mee," zeiden Sam en Samantha tegen Brandy, "dan helpen we je met opfrissen."

"Uh, bedankt," zei E-Z, terwijl hij zijn stoel naar Alfred draaide en de bril op zijn snavel legde.

"Een zwaan met een bril. Belachelijk!" zei Alfred.

"Je ziet er erg leergierig uit!" zei Charles.

"Je lijkt op professor Ludwig Von Drake!" riep Brandy uit.

Sam zei: "Hij was de leraar van Donald Duck."

"Oh," zeiden degenen die te jong waren om van Donald Duck te hebben gehoord.

"Oh jee," zei Alfred, toen de woorden ophielden met dwarrelen en terugkeerden naar de manier waarop de schrijver ze geschreven had. Hij las de eerste twee pagina's, toen de volgende, de volgende en de volgende. Hij vloog door het hele boek met het gemak van een snellezer en toen hij klaar was, sloeg het boek zichzelf dicht.

POOF

En het was weg.

"Nou, dat was interessant," zei Alfred, terwijl hij de bril teruggaf aan E-Z en zichzelf ervan weerhield om te vallen.

"Bedoel je dat je alles gelezen hebt?" zei Sam. "Die bril is opmerkelijk."

"Ik herinner me alles, maar ik moet de informatie verwerken en ik moet rusten. Ik wil hier niet zitten en het je in zijn geheel voorlezen. Het is beter als ik op een rijtje zet wat ik geleerd heb en dan praten we erover."

"Wat als," vroeg Brandy, "je iets hebt gemist dat een van ons niet zou hebben gemist? Niets persoonlijks."

Alfred lachte. "Dat ik nu de vorm van een zwaan heb, betekent niet dat ik niet heel veel boeken heb gelezen in mijn leven. Sterker nog, ik heb als jongeman op de universiteit van Oxford gezeten en ben cum laude afgestudeerd. Ik heb literatuur en kunst gestudeerd."

E-Z zei: "Jij hebt het boek niet gekozen - het boek heeft jou gekozen. Niemand van ons kon er ook maar één woord in lezen."

"Bedankt dat je in me gelooft."

Lia zei: "Hoeveel tijd wil je piekeren? Kunnen we die film gaan kijken?"

Samantha zei: "Ik moet nog wat popcorn maken. We hebben de andere schaal al opgegeten."

"Stress eten," zei Sam met een grijns.

"Bedankt," zei Alfred. "Ik kom zo snel mogelijk bij je terug."

"Neem alle tijd die je nodig hebt," zei E-Z, "kom bij ons als je er klaar voor bent."

De bende ging naar de woonkamer en maakte de film klaar. Samantha maakte nog wat popcorn in de magnetron. Iedereen verzamelde zich om de film te bekijken.

Alfred sliep een tijdje op zijn gebruikelijke plek, maar hij droomde dromen, voornamelijk nachtmerries en ging uiteindelijk de tuin in om wat frisse lucht te halen. Iedereen hing van hem af en de druk drukte op hem, terwijl de inhoud van het miniatuurboek in zijn hoofd ronddwarrelde.

HOOFDSTUK TWINTIG

BERICHT UIT FRANKRIJK

E-Z KEEK DE EERSTE helft van de film met de anderen en besloot toen om wat werk in te halen. Hij stak zijn hoofd in zijn kamer, in de verwachting Alfred slapend aan te treffen, maar hij was nergens te bekennen. Bezorgd liep hij naar de achterdeur en keek naar buiten. Daar zag hij de zwaan diep in slaap op een tuinstoel. Hij sloot de deur en ging terug naar zijn kamer, klapte zijn laptop open en logde in.

Hij ging een paar keer heen en weer in zijn hoofd, om te beslissen of hij zich kon concentreren op het schrijven van zijn roman, of dat hij deze tijd moest besteden aan het doen van meer onderzoek naar hun vijanden, de Furies. Het geluid van een bericht dat in zijn inbox pingelde maakte de beslissing voor hem. Het had een rood vinkje voor de urgentie en hoewel het geen bijlagen bevatte, klikte hij er niet op. In plaats daarvan las hij het in voorvertoning. Of, probeerde het te lezen. Het bericht was volledig in een andere taal. Hij zag een paar woorden die hij als Frans herkende, dus kopieerde hij de tekst, ging naar een zoekmachine en plakte het volgende bericht in een online vertaler:

Cher E-Z Dickens,

Ik heet François Dubois en ik ben 7 jaar. Ik woon in Parijs, in Frankrijk, en ik zou graag deel uitmaken van uw Superhéros-team. Vous vous demandez peut-être quelles compétences j'apporterais à l'équipe. Dat is een goede vraag en ik ben blij dat ik kan antwoorden. Maar ik vraag me af of deze site veilig is.

Als u mij uitgebreider wilt spreken, kunt u mij rechtstreeks een courriel sturen. Mijn adres is bijgevoegd. J'ai hâte d'avoir de vos nouvelles.

Vriend,

Francois

Hij drukte op verzenden en de volgende vertaling kwam binnen:

Beste E-Z Dickens,

Mijn naam is Francois Dubois en ik ben zeven jaar oud. Ik woon in Parijs, Frankrijk, en ik zou graag in jullie superheldenteam willen. Je zou je kunnen afvragen welke vaardigheden ik in het team zou kunnen inbrengen. Dat is een goede vraag en die beantwoord ik graag. Maar ik vraag me af, is deze site veilig?

Als je meer met me wilt weten, kun je me rechtstreeks mailen. Mijn e-mailadres staat in de bijlage. Ik kijk ernaar uit om van je te horen.

Je vriend,

Francois

Geïntrigeerd herlas hij het bericht een paar keer en dacht na over de timing ervan. Hij vroeg zich af of hij paranoïde was door te denken dat deze jongen helemaal uit Frankrijk wel eens zou kunnen samenspannen met de Furies. Zelfs als hij te voorzichtig was, had hij daar het recht toe en als leider van zijn team moest hij ervoor zorgen dat dit soort vragen legaal waren. Hij zou de hulp van Uncle Sam nodig hebben om het te onderzoeken, maar voor nu zou hij een paar voelsprieten uitzetten en kijken wat er terugkwam.

Hij schreef een snel bericht zonder het te vertalen. De jongen kon een zoekmachine gebruiken, hetzelfde als hij deed en een vertaler vinden en na het meerdere keren herlezen op VERZENDEN drukken.

Beste Francois,

Bedankt voor uw bericht. Hoe heeft u van ons gehoord? Met vriendelijke groet,

E-Z.

Het antwoord van Francois kwam zo snel terug dat E-Z nog achterdochtiger werd. Deze keer in het Engels:

Beste E-Z,

Bedankt voor uw snelle antwoord.

Mijn lerares zag uw website en we leerden over u en uw team als onderdeel van onze actualiteitenles.

Ik hoop snel van je te horen.

Je vriend,

Francois.

Het klonk zeker legitiem. Hij typte nog een bericht in en vroeg Francois wat voor superheldenkrachten hij zijn team te bieden had, zodat hij het met hen kon bespreken. Even later stuurde Francois hem het volgende bericht:

Beste E-Z,

Bedankt dat ik je over mijn superheldenvaardigheden mag vertellen.

Ten eerste ben ik, net als jij, niet altijd een superheld geweest. Dit is iets wat we gemeen hebben. Daarom dacht ik dat ik goed bij jullie team zou passen.

In plaats van het je te vertellen, wil ik het je graag laten zien. Bijgevoegd is een privé-uitnodiging om ons YouTube-kanaal te bekijken - mijn vader heeft me geholpen. De link is alleen voor jou beschikbaar en de uitnodiging verloopt over vierentwintig uur.

Ik hoor graag van je als je het gezien hebt.

Je vriend,

Francois.

Nieuwsgierig en zonder aarzelen klikte E-Z op de link. Er verscheen een bericht waarin hem werd gevraagd een vraag te beantwoorden die hij zonder probleem kon beantwoorden omdat het over honkbal ging.

Eenmaal binnen klikte hij op de clip, zette het volume harder en het begon meteen.

De eerste persoon die hij zag, was een jongen die zich voorstelde als de zevenjarige Francois Dubois via de tekst die van hem vertaald werd onderaan het scherm.

De jongen was groot, heel groot. Hij stond zelfs naast verschillende meetstokken. Zijn vader zoomde in om te laten zien dat Francois met zijn zeven jaar al 163 centimeter lang was. Naast zijn lengte zag Francois eruit als elke andere zevenjarige, met roodbruin haar, een dikke bril met donkere randen op zijn neus, een geruit overhemd, een blauwe spijkerbroek en zwarte lopers.

"Bonjour E-Z!" zei Francois, met een glimlach die verraadde dat zijn twee voortanden ontbraken.

E-Z glimlachte terug en keek toen toe hoe Francois en zijn vader een zaak bespraken in het Frans zonder dat er een vertaling aan te pas kwam. Hun discussie leek verhit, afgaande op hun handgebaren en gezichtsuitdrukkingen. Hij hoopte dat Francois niet iets gevaarlijks ging proberen.

E-Z keek toe terwijl Francois verder liep naar de bekendste bezienswaardigheid van Parijs, Frankrijk - De Eiffeltoren. Een bord buiten gaf aan dat de toegangsprijs voor mensen van 12 tot 24 jaar 5 euro was. Francois sloot zijn ogen en opende ze weer. Wacht eens even. Er was iets veranderd, misschien was het de verlichting.

Hij bleef kijken toen Francois zich naast een ander bord plaatste waarop stond:

Wereldtentoonstelling Parijs, 15 mei 1889.

"WHOA!" riep E-Z uit, terwijl hij probeerde te begrijpen wat hij zojuist had gezien. Tijdreizen?

Francois sloot zijn ogen en stond weer naast het originele bord 12-24 jaar 5 euro.

De camera werd wazig. Onderaan het scherm verschenen de woorden: "Een moment alstublieft."

Met een klik begon de camera weer te draaien, maar deze keer stond Francois naast de kathedraal Notre-Dame de Paris. Sinds de grote brand van 2019 werd deze herbouwd en de steigers en kranen waren druk aan het werk.

Net als voorheen sloot Francois zijn ogen en opende ze weer.

"Echt niet!" riep E-Z uit.

Francois was in 1163 op de dag dat de eerste steen voor de grote Notre Dame kathedraal werd gelegd.

E-Z drukte op pauze. Zou dit nep kunnen zijn? Natuurlijk kon het. Met de technologie van vandaag kan iedereen alles vervalsen. En toch zei iets in zijn gevoel hem dat het echt was. Maar hij had een second opinion nodig. Hij had Uncle Sam nodig.

E-Z keek naar de gepauzeerde Francois op het scherm en klikte op start. Francois zwaaide toen de clip eindigde.

E-Z klikte en keerde terug naar zijn inbox. Hij drukte op reply en schreef de volgende e-mail naar Francois:

Beste Francois,

Bedankt dat ik je superkracht mocht zien. Ik moet met het team praten. Als we besluiten je te accepteren, hoe snel kun je dan bij ons komen?

Je vriend,

E-Z

Hij wachtte even en herlas zijn bericht voordat hij op verzenden drukte. Hij overwoog om IF te veranderen in WHEN. Besluiteloos overwoog hij Francois tijdreizende superkracht. Hij zou een geweldige aanwinst voor het team zijn.

Toch moest hij een second opinion vragen. Voordat hij er verder over nadacht. Hij sms'te Sam: "Heb je even?"

Een nieuwe e-mail verscheen in zijn mailbox met de woorden:

HI E-Z,

Als je me toelaat tot het team, kun je me dan komen halen?

Je vriend,

Francois.

Daar moest hij even over nadenken.

Hij antwoordde:

Ik kom zo snel mogelijk bij je terug.

Je vriend,

E-Z.

Sam kwam de keuken binnen, "Wat is er, kiddo?"

"Sorry dat ik je weghaal bij de film."

"Ik viel toch al in slaap, dus ik ben blij met de afleiding."

"Ik kreeg een e-mail via onze website van een jongen in Frankrijk die vroeg of hij bij ons team wilde komen. Hij en zijn vader hebben een clip gemaakt, die ik al heb bekeken. Hij heeft indrukwekkende vaardigheden. Kijk maar eens en laat me weten wat je ervan vindt."

Sam bleef de hele tijd stil. Toen het afgelopen was, vroeg hij of hij het nog een keer wilde zien.

Toen hij voor de tweede keer klaar was, vroeg E-Z: "Wat vind je ervan?".

"Ik denk dat wat we zien indrukwekkend is. Een tijdreizende jongen uit Frankrijk."

"We kunnen zo'n superkracht goed gebruiken in ons team."

"Precies," zei Sam. "En daarom ben ik er achterdochtig over. Heb je met de jongen gecorrespondeerd?"

E-Z bladerde door wat er tot nu toe was gezegd.

"Hoe weet hij dat je niet al je hele leven superkrachten hebt?" vroeg hij.

"Ja, dat dacht ik ook. Maar ik denk dat het een redelijke veronderstelling is. Hij is een slimme jongen."

"Klopt," zei Sam. "Mag ik even rondklikken, kijken wat ik kan vinden?"

E-Z knikte en Sam nam de controle over zijn laptop over. Hij controleerde het IP-adres, dat legitiem leek te zijn. Het kostte hem geen moeite om de locatie in Parijs te traceren.

Hij zocht de naam van Francois op, ontdekte op welke school hij zat. Kwam erachter dat hij basketbalde. Kwam erachter dat hij goed kon spellen. Leek zichzelf niet in de problemen te brengen.

Toen vond Sam een overlijdensbericht van Francois' moeder die was overleden toen hij vijf was. De doodsoorzaak werd niet vermeld, maar er werd gevraagd om donaties te doen aan de Parijse Borstkanker Stichting.

"Alles leek legaal," zei Sam.

"Maar toch, hoe kunnen we zeker zijn? Ik wil geen onnodige risico's nemen."

"De enige manier om het zeker te weten, zou zijn om de jongen persoonlijk te ondervragen." Hij aarzelde, "Hm, hij vroeg wanneer je hem kon komen ophalen. Nu ik erover nadenk, dat is nogal een vreemde gedachte voor een tijdreizend kind om voor te stellen."

"Ja, zo had ik er nog niet over nagedacht."

"Eén ding is zeker E-Z, als iemand hem gaat pakken, ben ik het. Je bent hier nodig."

"Ik waardeer het aanbod Uncle Sam, maar je leven in gevaar is geen optie."

"Oké," zei Sam. "Heb je al iets van Alfred gehoord?"

Alfred waggelde de keuken in. "WAT?" vroeg hij.

ZAP

Er kwam een klein wit pluizig katje aan.

"Bonjour E-Z, je m'appelle Poppet. Francois m'envoie."

"Oh jongen," was alles wat E-Z zei.

Onmiddellijk pingde er een e-mail van Francois die luidde:

"Is ze veilig aangekomen?"

Uncle Sam zei: "Nou, dat beantwoordt onze vraag."

E-Z typte in: "Ja, ze is hier."

ZAP

Poppet verdween.

"Dit is zo cool," typte Francois. "Als je er klaar voor bent, als je me in je team wilt, dan probeer ik het zelf wel."

"Hou je even vast," zei E-Z.

"Hoe wist Poppet waar we woonden?" vroeg Sam.

"Dat weet ik niet."

HOOFDSTUK EENENTWINTIG

DE BESLISSING VAN FRANCOIS

DE VOLGENDE DAG RIEP E-Z een spoedvergadering bijeen. Toen iedereen zat, ging hij meteen aan de slag.

"Een potentieel nieuw lid heeft gevraagd om bij ons team te komen. Sam en ik hebben zijn aanvraag onderzocht en alles ziet er legitiem uit."

"Dat vind ik ook," zei Sam.

E-Z knikte, "Francois is een tijdreiziger."

"Wauw!" zei Lia.

"Geweldig!" zei Lachie.

De anderen hadden soortgelijke opmerkingen, met uitzondering van Charles die vroeg: "Wat is een tijdreiziger?".

"Jij bent!" zei Brandy.

"Het is iemand die van de ene tijd naar de andere reist," zei Lia.

"Misschien hoef je alleen maar naar dit filmpje te kijken, dan begrijp je het beter, dan begrijpen we allemaal beter wat hij kan." Hij wierp een blik op Alfred, "Maar voordat we het over Francois hebben, wil ik het woord aan Alfred geven, zodat hij ons kan vertellen wat hij in het boek heeft ontdekt. Aan jou, Alfred."

De trompetterzwaan schraapte zijn keel toen alle ogen op hem gericht waren.

"Ik heb alles doorgenomen, voorwaarts, achterwaarts, zijwaarts en ik ben bang dat het niet veel helpt. Aangezien de Furies een specifiek mandaat hebben gekregen - en ze zich daaraan houden (ook al buigen ze de regels) denk ik zelfs niet dat Zeus hen zou kunnen straffen voor wat ze doen."

"Wil je zeggen dat het hopeloos is?" vroeg Brandy.

"Nee, ik zeg niet dat het hopeloos is, maar ik zie gewoon geen uitweg. Tenminste, tenzij ze niet weten wat wij weten."

"Welke is?" vroeg Brandy.

"Eriel's plan. Hoe hij ze gebruikte. Waar Eriel is. Hoe hij incommunicado is."

"Klopt, ze vragen zich vast af waarom hij niet met hen communiceert," zei Lachie.

"En dat kan wantrouwen creëren," voegde Brandy eraan toe.

"Wat als," zei Sam, "die informatie naar hen gelekt is?" "Ik dacht hetzelfde," zei Samantha. "Misschien zouden ze zonder hem wegrennen."

"Maar het kan ook de andere kant opgaan. Als hij ze niet aan het lijntje houdt, misschien wel. Wie weet wat ze dan doen!" zei E-Z.

"Ze hebben al veel zielen verzameld," zei Lia. "Ik denk dat E-Z gelijk heeft. Als ze weten dat hij uit beeld is, worden ze misschien moediger."

Alfred merkte dat het gesprek op een muur botste, "Laten we het eens hebben over de superkrachten van Francois. Hij is een tijdreiziger. Hoe kan hij ons helpen?"

"Nog één ding," begon E-Z, "en het is Uncle Sam die dit heeft opgemerkt, dus misschien is hij de beste persoon om het uit te leggen."

"Nee, ga je gang," zei Sam.

"Francois heeft een katje gestuurd."

"Een kitten?" vroeg Sobo.

"Ja. Haar naam was Poppet en ze kwam aan in de keuken. Ik kreeg meteen een berichtje van Francois of ze veilig was aangekomen. Ze zei hallo - ja, ze kon praten. Na de bevestiging dat ze veilig was aangekomen, kwam ze weer tevoorschijn. De vraag die Sam later stelde was, hoe wist ze waar we woonden?"

"Wacht even," zei Charles. "Heeft iemand me niet verteld dat je adres online is gepubliceerd?"

"Dat heb ik ook gehoord," zei Brandy.

Sam zei: "Wow, dat lijkt eeuwen geleden, maar het is waar."

Ze verzamelden zich rond Sam en zagen hun huis online verbonden met de website zodat iedereen in de wereld het kon zien.

"Er is geen twijfel mogelijk. Als ze weten wie we zijn, dan weten ze ook waar we zijn," zei Sam. "Tenzij..."

"Tenzij wat?" vroeg E-Z.

"Tenzij ze niet zo technisch zijn als we denken."

Sobo zei: "Onderschat nooit een vijand. Zo worden onwaardige schurken helden."

"Oké, laten we eerst eens kijken hoe Francois tijdreist en dan eens brainstormen over hoe hij ons kan helpen om de Furies te verslaan," zei E-Z.

Ze keken in stilte naar de clip. Toen het afgelopen was, zei E-Z: "Ik zal de lijst uittypen. Wie wil beginnen?"

"Nee," zei Sam. "Ik denk dat we het op de ouderwetse manier moeten opschrijven. Je weet wel, met pen en papier." Hij reikte in de keukenla en haalde er een blocnote uit die ze gebruikten voor boodschappenlijstjes, en een pen. "Ga jij maar brainstormen, ik ben de secretaresse. En je hoeft me niet eens een salaris te betalen."

Na een paar keer lachen en gniffelen begonnen de ideeën te stromen:

#1. Francois zou terug in de tijd kunnen gaan, uitvinden wat er met PJ en Arden is gebeurd en het stoppen.

#2. Francois kon teruggaan in de tijd en voorkomen dat alle kinderen werden vermoord.

#3. Francois kon teruggaan in de tijd en voorkomen dat de ouders van E-Z werden vermoord en dat zijn ongeluk gebeurde.

#4. Idem dito voor Lia's ongeluk.

#5. Idem wat betreft het ongeluk van Alfreds familie.

#6. Idem wat betreft Lachlan opgesloten in een kooi.

Intermezzo.

Haruto was gelukkig met zijn nieuwe familie. Einde verhaal.

Brandy vond het prima om te kunnen sterven en weer tot leven te komen, hoewel ze wel vroeg of teruggaan naar de auditiedag een haalbare optie was. Dit verzoek werd unaniem afgewezen.

Charles had ook geen spijt.

Brainstormsessie hervat:

#7. Francois kon teruggaan naar de tijd voordat de Furies werden gemaakt om ervoor te zorgen dat ze een Achilleshiel kregen.

#8. Francois zou terug in de tijd kunnen gaan, naar de eerste dag dat Eriel de Furies ontmoette. Hij zou een spion kunnen zijn. Of zou hij ervoor kunnen zorgen dat ze elkaar nooit hebben ontmoet?

#9. Als Poppet in en uit kan springen, kan Francois dat dan ook?

Alfred zei: "Wacht eens even. Dit is volslagen idioot, maar wat als Francois terugging en de Furies uit hun bestaan schrapte."

"Wow dat is een uitstekend idee!" zei E-Z. "Maar in alle verhalen die ik heb gelezen over tijdreizen wordt het spelen met levens en het veranderen van gebeurtenissen altijd afgekeurd."

"Ja, dat herinner ik me van Back to the Future. Maar uit eigen ervaring," legt Brandy uit, "als ik doodga en weer terugkom, is het alsof de gebeurtenissen voor mijn dood nooit hebben plaatsgevonden. Het is net een droom, als je begrijpt wat ik bedoel?"

"Sam rekte zich uit en geeuwde. "De baby's worden zo wakker. Ik wil de grenzen van E-Z's leiderschap niet overschrijden, maar ik denk dat we eerst moeten nadenken voordat we actie ondernemen."

"Mee eens. Bedankt iedereen voor een uitstekende brainstormsessie," zei E-Z.

En de vergadering werd geschorst.

HOOFDSTUK TWEEËNTWINTIG

WARME MELK

LIA EN DE ANDEREN brachten de dag door met hun eigen dingen. s Avonds draaide ze zich uitgeput om, maar ze kon niet slapen. Gefrustreerd na uren van geen slaap en constant piekeren, ging ze naar beneden voor een beetje warme melk.

Ze zette een mok in de magnetron, drukte op 40 seconden en toen op start. Terwijl de klok aftelde, keek ze naar de nummers 39, 38, 37, 36, enzovoort, totdat nummer 33 verscheen. Het was het laatste getal dat ze zag.

"Uh, hallo Kleine Dorrit," zei ze, terwijl ze wenste dat ze haar badjas had aangetrokken. "Waar gaan we heen?"

"We zijn op een missie," zei de eenhoorn. "Waar gaan we heen?"

"Je weet niet wie?"

"Nee. Ik bemoeide me met mijn eigen zaken toen je me riep Lia, weet je nog?"

"Ik heb je niet gebeld," zei Lia. "Ik ben nog niet naar bed geweest. Dit is vreemd."

De eenhoorn bevroor in de lucht.

WHOOSH

Kleine Dorrit vertrok op volle snelheid.

"Argghh!" riep Lia, terwijl ze zich vasthield voor haar leven. "Wat gebeurt er? Waarom ga je zo snel?"

"Ik weet het niet," zei de eenhoorn. "Het is alsof iemand of iets controle over me heeft genomen." Ze probeerde te stoppen, zoals ze net nog had gedaan. Nu kon ze niet stoppen, wat ze ook deed. Ze kon ook niet vertragen.

"Hou je goed vast!" riep Dorrit, terwijl haar lichaam hals over kop naar voren begon te rollen. "Oh nee!"

Lia gilde, maar hield zich vast. Uiteindelijk stopten ze met rollen, maar in plaats van af te remmen gingen ze nog sneller.

Ze vlogen maar door terwijl de nacht overging in de dag. Naarmate de zon hoger aan de hemel kwam, werd de afstand tussen hen en de zon kleiner.

"Het voelt alsof mijn huid in brand staat!" riep Lia uit.

"Mijn vacht ook," zei Dorritje. "Laat me proberen ons weer om te draaien." Dat deed ze en net als eerder rolden ze hals over kop, hals over kop, de kloof tussen hen en de hete zon dichtend.

"We moeten omkeren!" gilde Lia. "Als we dat niet doen, zijn we er geweest."

"Maar ik kan blijkbaar niet stoppen. Ik kan blijkbaar niets doen. Wacht, ik vraag Baby's hulp."

Met de vlammende zon als achtergrond kwamen drie gevleugelde wezens in beeld. Ze hielden elkaars hand vast terwijl hun zwartgeblakerde gewaden rond hun lichaam draaiden.

SNAP!

SNAP!

SNAP!

Was het geluid dat de lucht vulde het geluid van een knappende zweep toen Lia en Kleine Dorrit er naartoe werden getrokken alsof ze op een trekstraal zaten. De donder rolde, hoewel er geen onweer te zien was terwijl de klauwen van de zon zich naar hen uitstrekten en hun bestaan dreigden te verwoesten.

"We zijn er geweest!" zei Lia. "Bedankt dat je ons probeerde te redden." Ze omhelsde de eenhoorn. "Ik wou dat je teugels had. Dan kon ik je misschien omdraaien."

ZAP!

De teugels verschenen.

Lia sloeg haar handen om ze heen, maar voordat ze ze onder controle kon krijgen, smolten ze in het niets.

"Je hebt gelijk, ik denk dat we er geweest zijn," zei Kleine Dorrit. Glazen tranen stroomden uit haar ogen.

BONJOUR

Francois verscheen, "Kan ik helpen?"

"Dat kun je zeker," riep Lia uit. "Haal ons hier weg!"

"Sluit je ogen en hou je stevig vast," zei Francois.

Lia en Kleine Dorrit beefden van angst.

DING. DING. DING.

De magnetron. De keuken.

Lia liet zich op de grond vallen.

Kleine Dorrit landde veilig in een koel beekje, waar ze rondspetterde en vervolgens naar huis ging.

"Waar ben je geweest?" vroeg Baby.

"Ik denk dat je mijn bericht niet hebt gekregen. Laat maar zitten. Ik ben te moe," zei Kleine Dorrit. "Ik vertel het je morgenochtend wel."

HOOFDSTUK DRIEËNTWINTIG

VOLGENDE DAG

HET WAS SOBO'S BEURT om ontbijt te koken en zij was degene die Lia vond, opgerold als een bolletje wol op de grond.

Sobo slaakte een gil, "Kom snel! Onze Lia heeft hulp nodig!"

Samantha kwam als eerste aan. Ze drukte meteen haar lippen op Lia's voorhoofd om te controleren of ze koorts had en riep toen dat haar man een thermometer moest brengen om het nog eens te controleren.

"Haar temperatuur is 107,7," bevestigde Sam. "We moeten haar naar het ziekenhuis brengen."

Samantha belde 911 terwijl Sam Lia oppakte en op de bank legde en ze wachtten op de ambulance.

"Ik zal het fort bewaken," zei Sam, terwijl zijn vrouw en Sobo de ambulancebroeders volgden die de bewusteloze Lia op een brancard droegen.

Toen de ambulance met loeiende sirene van de stoeprand wegreed, opende Lia haar ogen en probeerde ze rechtop te gaan zitten.

"Ik voel me prima," zei ze.

De verpleger controleerde haar temperatuur opnieuw en die was normaal. Hij haalde zijn schouders op.

Tegen de tijd dat ze bij het ziekenhuis aankwamen, was Lia weer de oude en wilde ze weer naar huis - nu.

"Hoewel haar vitale functies nu in orde zijn, omdat u ons belde, moeten we doorgaan. Lia wordt opgenomen en zodra de dienstdoende arts alles veilig heeft verklaard, mag ze naar huis."

"Nou, laat me op zijn minst naar binnen lopen," zei de aanwezige, terwijl de chauffeur de deuren opende.

"Nee, mevrouwtje, blijf waar je bent," zei hij, terwijl ze zich klaarmaakten om de brancard met inzittende naar binnen te brengen, Samantha en Sobo volgden.

Samantha stuurde Sam een sms met een update. Hij antwoordde met een duim omhoog emoji, net toen ze praktisch tegen de ouders van PJ en Arden aanliep die op weg waren naar buiten.

"Ze zijn wakker! Onze jongens zijn wakker!"

"Allebei?" riep Samantha uit, terwijl ze deze laatste informatie doorgaf aan Sam, die zijn neefje wakker maakte om hem het goede nieuws te vertellen.

"Ik kom eraan!" zei E-Z nadat hij een taxi had gebeld.

HOOFDSTUK VIERENTWINTIG

IN HET ZIEKENHUIS

E-Z WAS OP WEG naar zijn twee beste vrienden. In de taxi bleven zijn gedachten het goede nieuws maar herhalen. Er was zoveel gebeurd. Zoveel dat ze gemist hadden. Zoveel dingen die hij hen moest vertellen. Wilde vertellen.

"Weet u welke kamer?" vroeg de verpleegster.

Hij zei nee en ze vond het snel voor hem. Nadat hij haar bedankt had, nam hij de lift en ging op weg naar hun kamer, zich afvragend of hij iets voor hen moest kopen. Bloemen? Snoep. Hij besloot hen te vragen of ze iets nodig hadden.

Toen hij vlak voor hun deur aankwam, kon hij binnen hun stemmen horen en hij keek een paar tellen naar beneden voordat hij zijn aanwezigheid bekendmaakte. Toen haalde hij diep adem en probeerde zijn emoties in bedwang te houden - hij wilde niet sentimenteel worden en zichzelf voor schut zetten...

"Kom binnen jij grote softy!" zei PJ.

"Ahhhh, hij heeft ons gemist!" zei Arden.

"Zouden jullie er niet beter uit moeten zien na al dat schoonheidsslaapje? Trouwens, jullie hebben allebei een scheerbeurt nodig!"

"We willen je niet overschaduwen en ik leef een beetje in het gevoel van mijn snor," zei Arden.

"We weten dat je van aandacht houdt! Ik zie dat je flessenborstel ook wel een knipbeurt kan gebruiken!"

PJ's moeder, die net terug was in de kamer, fluisterde tegen E-Z dat ze niet wilden dat de jongens overdreven, omdat ze nog maar een paar uur wakker waren.

Na even gepraat te hebben, omhelsde E-Z zijn beide vrienden en zei dat hij moest gaan. "Ik kom terug," beloofde hij, "en ik zal stiekem een hamburger of twee eten - ik heb gehoord dat ziekenhuiseten echt heel slecht is."

"Dat doe je niet!" zei Arden's moeder terwijl ze ook terugkeerde naar de kamer.

Hij schoof zijn stoel naar achteren, met Arden's moeder tegenover zich. Zijn twee vrienden sloegen hun handen in elkaar en smeekten hem om hen alsjeblieft eten te brengen.

Terwijl hij door de gang liep, kon hij niet geloven hoe erg hij ze gemist had - en hoe goed ze eruit zagen. Hij nam de lift naar Noodgevallen waar hij Samantha en Sobo aantrof.

"Nog nieuws?" vroeg E-Z.

"Ze was woedend dat ze haar lieten blijven om haar te controleren," zei Samantha. "Maar ik zal me beter voelen zodra ze alles veilig heeft en we hier weg kunnen."

"Ik ook," zei E-Z. "Laat me even gaan kijken." Hij liep door de gang. Hij luisterde naar de stemmen in een ruimte met gordijnen die hij beschouwde als pre-toelatingsstations. Uiteindelijk hoorde hij Lia's stem binnen en ging naar binnen.

"Wacht alstublieft buiten," zei de verpleegster.

"Maar ze is mijn zus."

"Ik wil naar huis - nu!" eiste ze, waarna ze haar armen over haar borst sloeg.

"Je wordt ontslagen zodra de dokter zegt dat je mag gaan. En geen moment eerder."

"Hoe gaat het met je? Mam maakt zich zorgen om je."

"Ik laat jullie twee alleen om te praten," zei de verpleegster. "De dokter komt zo. Oh, en zorg ervoor dat ze rustig blijft."

"Uh, bedankt," zei E-Z.

Toen ze eenmaal weg was, omhelsden ze elkaar.

"Kleine Dorrit en ik werden bijna verbrand door de zon!" zei ze. Ze vertelde E-Z alles, van begin tot eind, zoals het gebeurd was.

"Interessant dat het Francois was die je redde."

"Ik weet niet hoe hij het wist. Kleine Dorrit en ik dachten dat we er geweest waren. Het waren zeker De Furies. Ze wilden ons verbranden! We werden verbrand. Het zijn verschrikkelijke, gemene heksen!"

"Waren er slangen?" vroeg E-Z.

"Slangen en zwepen."

"Klinkt inderdaad als The Furies." E-Z aarzelde. Hij veranderde van onderwerp. "Heb je het gehoord van PJ en Arden?"

Ze schudde haar hoofd.

"Ze zijn wakker geworden!"

"Echt niet! Dat is een vreemd toeval, vind je niet? Ze proberen Kleine Dorrit en mij uit te schakelen en ondertussen worden onze twee comateuze vrienden wakker."

"Je hebt gelijk, ik denk dat het allemaal met elkaar te maken heeft."

Samantha schoof het gordijn terug, "Wat is er allemaal aan de hand?" Ze omhelsde haar dochter. "Hoe voel je je nu schat?"

"Ik ben geen baby," zei Lia. "Maar ik voel me wel beter en ik wil naar huis. Nadat ik bij PJ en Arden ben geweest."

Sobo kwam binnen. Ze omhelsde Lia.

"Wat is er met jou gebeurd?" vroeg ze.

Opnieuw legde Lia alles uit. Haar moeder nam het niet zo goed op als Sobo. E-Z haastte zich en schonk Sam een glas water in. Sobo had veel vragen. "Was je melk aan het opwarmen, in de magnetron?"

Lia knikte.

"En toen werd je uit de keuken gezapt?"

"Ja, en recht op de rug van kleine Dorrit. Kleine Dorrit zei dat ik haar opgeroepen had, maar dat was niet zo."

"En wat gebeurde er toen?" vroeg Sobo.

"Nou, Kleine Dorrit vloog en we waren aan het kletsen en toen we geen van beiden wisten waar we heen gingen of waarom, dachten we erover om terug te keren. Voor we het wisten, werden Kleine Dorrit en ik steeds dichter naar de zon gedreven zonder enige kracht om om te keren."

"Maar jij en Kleine Dorrit voldoen niet aan de criteria van de Furies. Ze zouden geen van jullie mogen aanraken!" riep E-Z uit.

Samantha zei: "Misschien is het gewoon toeval.

Sobo herhaalde haar advies van eerder: "Onderschat nooit een vijand."

Toen Lia naar huis mocht, verrasten zij en E-Z PJ en Arden met cheeseburgers en frietjes die ze naar binnen smokkelden.

Op weg naar huis in de taxi, met Samantha, Sobo en Lia, dacht E-Z maar aan één ding. De Furies hadden Lia en Little Dorrit aangevallen en ze hadden gefaald. Niet alleen hadden ze gefaald - dankzij Francois - maar op de een of andere manier had het universum PJ en Arden teruggestuurd.

Toeval? Hij dacht van niet. In plaats daarvan wilde hij geloven dat de krachten van de Furies afnamen als ze zich buiten hun mandaat waagden.

Hoe dan ook, hij en zijn team moesten op elk moment klaar staan om voordeel te halen uit de situatie.

Dit is misschien hun enige kans.

Het enige voordeel in hun voordeel.

HOOFDSTUK VIJFENTWINTIG
SOBO

"**I**K MOET NOG één vraag stellen," vroeg Sam aan E-Z voordat iedereen binnenkwam voor de vergadering.

"Oké, vraag maar raak," zei E-Z.

"Nou, ik vroeg me af waarom Rosalie het niet wist van Francois."

"Ik," was hoever E-Z kwam voordat Brandy en Lia de keuken binnenkwamen.

"Let maar niet op ons," zei Brandy, terwijl ze de koelkast opende, het sinaasappelsap eruit haalde en het opat voordat ze de verpakking in de prullenbak gooide.

"Uh, dat moet je eerst uitspoelen," zei E-Z, wat Brandy deed. Toen plofte ze neer op een stoel en veegde haar mond af met de rug van haar hand.

"Sorry, ik wilde niet onbeleefd zijn, je weet wel, abrupt stoppen zoals ik deed. Ik wilde dat we allemaal hier waren om Uncle Sam's zorgen te bespreken."

"Eerlijk is eerlijk," zei Lia, terwijl ze naast Brandy ging zitten.

Eén voor één kwamen de anderen binnen en namen plaats rond de tafel.

E-Z begon met iedereen bij te praten over het wonderbaarlijke herstel van PJ en Arden, wat werd gevolgd door een daverend applaus van iedereen, ook van degenen die hen nog niet eens hadden ontmoet.

"Het volgende punt op de agenda, en ik denk dat deze twee punten met elkaar te maken hebben, is dat Lia en Kleine Dorrit werden misleid om het huis te verlaten en hun leven in gevaar werd gebracht. Als Francois er niet was geweest, waren de Furies, die wij verantwoordelijk achten, er misschien in geslaagd."

"Bravo Francois!" zei Charles.

"Hoe ben je erin geluisd?" vroeg Brandy.

"Waar is het gebeurd?" vroeg Lachie.

"Lia, wil je het vertellen?" vroeg E-Z. Ze schudde haar hoofd, nee. "Spring er maar in als ik iets mis," zei hij. Hij ging verder en legde uit wat er was gebeurd en waarom ze dachten dat The Furies verantwoordelijk waren.

"Sindsdien heb ik nagedacht over de Furies en hun mandaat. Zoals we weten, moeten ze zich daaraan houden. Toen ze Lia en Kleine Dorrit probeerden te doden, overtraden ze de regels. Welke reden konden ze geven om te proberen Lia of Kleine Dorrit te doden? Ze gingen niet alleen tegen hun mandaat in, maar faalden ook. Bedenk nu wat er op precies hetzelfde moment gebeurde - ik bedoel natuurlijk PJ en Arden - ze kwamen uit hun coma. Toeval? Ik denk het niet.

"En hoe meer ik ze met elkaar verbind, hoe meer ik me afvraag of de Furies aan het verzwakken zijn. Als ik gelijk heb, is dit misschien het juiste moment om ze neer te halen."

"Het is mogelijk," zei Alfred, "maar ik herinner me dat ik in mijn schooltijd over Einstein heb gelezen - wat het tegendeel zou kunnen bewijzen. Ik bedoel, misschien waren het de Furies helemaal niet. Misschien was het wel een verstoring van het ruimte-tijd continuüm. Omdat Francois hen kon redden en niemand van ons wist dat het gebeurde, lijkt het me een mogelijkheid die het onderzoeken waard is, vind je niet?"

Sam ijsbeerde. "Gezien alles wat we weten over de Furies en wat ik me herinner van mijn studie over Einstein - om zelfs maar een kans te hebben om het ruimte-tijdcontinuüm te buigen, zouden Lia en Little Dorrit sneller dan het licht moeten reizen - 186.282 mijl per seconde. Als je zo snel zou gaan, zou je achteruit in de tijd gaan en niet vooruit."

"We reisden snel, maar niet zo snel," zei Lia.

"Vertel ons nog eens wat er gebeurd is Lia. Frame voor frame. Tot het moment dat Francois verscheen," zei Alfred.

Lia's verhaal begon in de keuken en eindigde met haar in het ziekenhuis.

Met handopsteking stemden allen dat ze geloofden dat de Furies verantwoordelijk waren, maar niemand kon uitleggen waarom Francois het wist of hoe hij was opgeroepen.

"Heb je hem geroepen?" vroeg E-Z. "Ik bedoel, hoe wist hij het? Dat is iets wat ik hem wil vragen."

"Dat brengt me weer terug waar we vandaag begonnen," zei Sam. "En mijn vraag is, waarom wist Rosalie het niet van Francois."

"En hoe gaat het met Little Dorrit?" vroeg Sobo.

"Ik weet niet hoe het met Francois zit, maar de eenhoorn sliep toen ik vanmorgen wat gras ging halen."

"Ah, dat is goed," zei Lia.

"Misschien hebben de dokters een verklaring waarom PJ en Arden wakker werden?" vroeg Sam.

"Dat is waar, misschien wel, maar ik zie niet in wat dat voor ons uitmaakt. Niet echt. Het belangrijkste is dat ze wakker zijn en we weten nog steeds niet of de Furies voor hen verantwoordelijk zijn. Maar we hebben wel bewijs van wat ze andere kinderen hebben aangedaan en we moeten ze op een of andere manier laten boeten. En we moeten zorgen dat ze stoppen."

"Misschien hebben de dokters een verklaring waarom PJ en Arden wakker werden?" vroeg Sam.

"Dat is waar, misschien wel, maar ik zie niet in wat dat voor ons uitmaakt. Niet echt. Het belangrijkste is dat ze wakker zijn en we weten nog steeds niet of de Furies voor hen verantwoordelijk zijn. Maar we hebben wel bewijs van wat ze andere kinderen hebben aangedaan en we moeten ze op een of andere manier laten boeten. En we moeten zorgen dat ze stoppen."

"Hier! Hier!" zei Charles, terwijl hij met zijn hand op tafel sloeg.

"Kunnen we wat meer over Francois praten," vroeg Brandy.

"Wat als hij ons niets wil vertellen," vroeg Charles, "tenzij we hem accepteren als lid van het team?"

"Charles heeft een goed punt," zei E-Z. "Ik ben bereid om dit te gebruiken als een test met Francois. Als hij ons niet wil vertellen wat hij weet, dan is hij misschien niet voorbestemd om een van ons te zijn."

"Wat als hij echt goed kan liegen?" vroeg Brandy. "En sommige mensen zijn uitstekende leugenaars."

Lia zei: "Waarom doen we geen Zoom call? Dan kunnen we allemaal met hem praten, zien hoe hij is en dan kunnen we erover stemmen? Ik ben al bereid om ja te stemmen."

"Nee," zei E-Z. "Ik wil niet dat hij iets weet over Charles, Haruto, Lachie of Brandy. Alles wat hij nu weet is wat hij online kan vinden."

"En toch," onderbrak Sam, "kon Poppet ons huis binnenspringen."

"Ja, dat is zo," zei E-Z.

"Plus, hij heeft Dorrit en mij gered - dus hij weet van haar."

"Ik heb het gevoel dat we in cirkels ronddraaien," zei Alfred. "Ondertussen sterven er meer kinderen en gaan ze in Zielenvangers die toebehoren aan anderen die gestorven zijn," zei Alfred. "Ik had zo gehoopt dat we verder zouden zijn, nadat ik de informatie in het boek had ontcijferd."

"Wacht even," zei E-Z. "Heeft iemand Hadz en Reiki gezien vandaag?"

Geen van hen had dat.

E-Z's telefoon zoemde. Een lange sms van PJ en Arden kwam binnen:

"Vraag ons niet hoe, maar we weten dat de Furies jullie kant op komen. En ja, we hebben een plan. We moeten het weten zodra je ze ziet. Stuur ons een sms - en Haruto."

E-Z antwoordde. "Wat????"

"Vertrouw ons," sms'te PJ.

Beiden wisselden een duim omhoog uit, waarna hij de situatie uitlegde aan Haruto en de anderen.

De wetenschap dat The Furies bereid waren om nu het gevecht aan te gaan, in het territorium van hun vijand en zonder hun leider Eriel, maakte E-Z ongerust. Maar ze waren het verrassingselement kwijt, dankzij PJ en Arden.

Toch was zitten en wachten op hun komst niet de beste strategie.

Maar nu waren ze in het voordeel. Het enige wat ze moesten doen was zitten en wachten - en hopen.

HOOFDSTUK ZESENTWINTIG

ONVERWACHTE BEZOEKERS

IEDEREEN DEED ZIJN DING en probeerde zichzelf bezig te houden terwijl ze wachtten. Toen brak er, zelfs door de bakstenen muren heen, een onontkoombare stank door.

"Wat is er?" riep Lia, terwijl ze haar neus dichthield met haar vingers. "Ik kan het nog steeds ruiken!"

Brandy deed hetzelfde met haar rechterhand en met haar linkerhand spoot ze luchtverfrisser door de kamer die de stank niet minder sterk maakte, maar juist dikker en sterker.

"Laten we naar buiten gaan!" zei Lachie. "Misschien is het buiten beter?" Hij gooide de deur open, hoewel de logica hem vertelde dat als de geur binnen erg was, het buiten nog erger moest zijn. Eerst werden zijn zintuigen voor de gek gehouden en rook hij niets.

Was hij eraan gewend geraakt? Waren de Furies een stinkbom aan het leggen in het huis?

Toen zag hij Kleine Dorrit en Baby boven hem cirkelen. "Hierboven is het niet beter!" zei Baby.

"Het maakt niet uit hoe we gaan!" voegde Kleine Dorrit eraan toe.

Toen raakte het hem weer, de stank als een klap in zijn gezicht en even verloor hij zijn evenwicht. Hij zag de waslijn en wasknijpers en rende erheen. Hij klemde er een op zijn neus en voila, hij kon niets meer ruiken. Hij zwaaide naar Kleine Dorrit en Baby dat ze naar beneden moesten komen en toen ze dat deden, legde hij de nodige wasknijpers (hun neuzen hadden er meerdere nodig) aan totdat ook zij de stinkende geur niet meer konden ruiken.

"Bedankt," zeiden Kleine Dorrit en Baby, terwijl ze van de grond opstonden. "We zullen op de uitkijk staan."

Lachie stak zijn duim op en merkte toen dat er een beetje herrie was op het pad naar het hek, terug in de tuin. Een groep wezens vormde een cirkel, alsof ze aan het vergaderen waren. Hij baande zich een weg naar hem toe, toen een uil zich van een tak oprichtte en op zijn schouder landde.

"Uh, hallo," zei hij, terwijl hij in de ogen van de uil keek. "Hebben we elkaar eerder ontmoet?" De uil knikte en toen herkende hij wie het was. Het was Sobo. "Toen je zei dat je superkracht transformatie was, had ik niet zo aan je gedacht!"

"Haruto weet het niet," zei ze. "Ik denk tenminste niet dat hij me nog kent - nog niet." Ze vloog terug naar de groep wezens, "Kom erbij," zei ze.

Lachie liep tussen hen in en werd een voor een voorgesteld aan een hert met de naam Oboe, een wasbeer met de naam Charlie, een vos met de naam Louise, een vogel (Blauwe Gaai) met de naam Lenny en een tweede vogel (Kardinaal) met de naam Percy.

"We zijn gekomen om te helpen," zei hobo het hert, "maar we zijn erg bang voor de furies."

"Laat me erbij!" riep Charlie de wasbeer uit. "Ik klauw hun ogen uit."

"En ik ruk hun strot eruit!" riep Luis de vos.

"Whoa! Wacht even!" zei Lachie. "Dit is niet jullie gevecht. Hoewel ik het waardeer dat je kantoor assisteert, waarom geef je ons niet eerst een kans? Als we je nodig hebben om te helpen, fluit ik en dan kun je binnenkomen?"

"Hij heeft gelijk," zei Sobo. "Hoewel, hij bedoelt mij niet." Ze keek Lachie aan, om er zeker van te zijn dat haar aannames gecorrigeerd waren en antwoordde met een knikje. "Ik moet mijn kleinzoon en de anderen beschermen."

Lenny en Percy, de twee andere vogels, kwetterden onder elkaar.

Sobo, die kalm was geweest, begon nu te flapperen op een zeer grillige manier en herhaalde: "Er komen slechte dingen aan! Er komen vreselijke dingen aan! Er komen vreselijke dingen aan!"

"Ssst, Sobo," zei Lachie in een poging haar te kalmeren. "We zijn klaar en ze weten niet dat we weten dat ze komen."

DREUN DREUN DREUN

DREUN DREUN DREUN

DREUN DREUN DREUN

Was het geluid dat de grond onder hun voeten maakte, pulserend als een hart dat uit een borstkas probeerde te breken.

Het gedreun werd gevolgd door getrommel.

Dan dreunend.

"De Furies komen eraan!

De Furies komen eraan!

De Furies komen eraan!"

Terwijl de lucht boven hen kolkte

En draaide zich om.

En verbrand.

Van schitterend blauw tot bloederig oranjeachtig rood.

Buren klauterden naar buiten, zoals buren dat doen - om te zien waar de stinkende geur vandaan kwam. Sommige luidruchtige parkeerders vielen flauw toen hun zintuigen werden overweldigd en sommigen brachten popcorn naar de veranda om te eten en te kijken.

Ze hadden geen idee wat voor gevaar er hun te wachten stond.

En toch waren er aanwijzingen.

Het suizen fluistert.

De dreun dreun dreun dreun.

Toch trokken velen zich niet terug in de veiligheid van hun huis.

In plaats daarvan aten ze hun popcorn en dronken ze hun frisdrank, terwijl ze wachtten.

GAPING

Zonder **te ontsnappen.**

Terwijl de grond onder hun voeten

DREUN DREUN DREUN

DREUN DREUN DREUN

DREUN DREUN DREUN

Toen werd het gedreun gevolgd door getrommel.

Dan dreunend.

"De Furies komen eraan! De Furies komen! De Furies komen eraan!"

"LATEN WE NAAR BUITEN gaan!" riep E-Z uit. "En ze tegemoet treden!" Hij gooide de voordeur wijd open, zodat ze tegen de muur smakte.

Brandy, Lia, Haruto, Charles en Alfred stonden achter hem, klaar om in actie te komen zodra hen dat werd opgedragen.

Hij wierp een blik over zijn schouder en zag Sam en Samantha op weg naar buiten. "Jij niet," zei hij. "De baby's hebben je binnen nodig. Laat het aan ons over."

Sam en Samantha trokken zich terug.

Nu stonden de vier soldaten naast elkaar op het gazon te wachten. Voor een vreemdeling zagen ze er misschien uit als een groep kinderen die op een normale schooldag op de schoolbus stonden te wachten. Maar dit was geen normale dag. Dit was Armageddon.

Lia's armen trilden en beefden terwijl ze haar geest doorzocht, haar geest opende, in de hoop dat haar superkrachten haar toegang zouden geven tot de geesten van de Furies. Dat ze in staat zou zijn om zichzelf bloot te geven en aanwijzingen te vinden, informatie om haar team te helpen - maar haar geest bleef leeg.

Alfred zei, "Ik vlieg het dak op. Kijken wat ik kan zien."

E-Z knikte. "Blijf veilig. Oh, en kijk of je Lachie en Sobo kunt vinden." Hij had de eenhoorn en de draak al hoog boven hen zien vliegen. Hij gaf ze de duim omhoog.

Een luid gefluit en Baby dook naar beneden, Lachie sprong op zijn rug en samen voegden ze zich bij Alfred op het dak. Een uil landde naast hen.

"Dat is Sobo," zei Lachie.

"Zie je iets?" vroeg E-Z.

Alfred klapperde met zijn vleugels, "Er komt een gigantische plank onze kant op, zo groot als een ijsberg, maar hij beweegt snel."

E-Z probeerde het zich voor te stellen, maar dat lukte niet, want hoe konden hij en zijn team zoiets in godsnaam tegenhouden? Hoe?

"Het komt op ons af als een tsunami," zei Alfred.

"Maar het is niet van water," zei Lachie. "Het leek alsof het van zand was gemaakt. Een zandgolf. Die drie in het zwart geklede vrouwen droeg."

Een zandgolf, ja, nu kon hij het zich voorstellen. "ETA? Ik bedoel geschatte aankomsttijd?" vroeg E-Z.

"Moeilijk te zeggen," zei Alfred. "Minuten..."

De hele tijd **trommelde** de grond onder hun voeten door**.**

En **dreunend.**

"**De Furies komen eraan! De Furies komen! De Furies komen eraan!**"

✱✱✱

"NAAR BINNEN!" RIEP E-Z naar de nieuwsgierige buren. "Sluit de deuren, doe ze op slot. En laat iemand een bericht op sociale media zetten. Zeg tegen iedereen dat ze binnen moeten blijven. Zeg dat ze niet meer buiten mogen komen tot ze van mij alles veilig hebben! Ga nu!"

SLAM.

SLAM.

Over zijn schouder keken Alfred, een uil, Lachie en Baby naar buiten, terwijl de golven de afstand tussen The Furies en zijn team dichtten, terwijl Little Dorrit een oogje in het zeil hield vanaf grote hoogte.

Het was te laat om een plan te maken. Te laat om iets anders te doen dan hopen dat ze er klaar voor waren, terwijl de wind hen omver blies en de aarde synchroon met hun hartslagen dreunde.

CRASH.

Achter hem brak de voordeur open en vloog uit de scharnieren. Hij stuiterde en ratelde door de straat voordat hij uiteindelijk plat neerviel.

Sam stapte naar buiten. E-Z draaide zijn stoel naar hem toe, zijn eigen ogen niet gelovend.

Sam had een kostuum, of een aantal kostuums, in elkaar gezet om een eigen superheldenfiguur te creëren. Op zijn hoofd zat een ridderhelm met het masker omhoog geklapt. Als hij naar voren bewoog, zakte het naar beneden en moest hij het weer op zijn plaats klikken. Hij had oogzwart aangebracht - zoals honkbalspelers dragen om de schittering onder zijn ogen weg te werken. Zijn borst was opgeblazen, alsof hij een kogelvrij vest onder zijn shirt droeg, en achter hem hing een lange zwarte cape. Op zijn onderste helft droeg hij een zwarte spijkerbroek en zijn favoriete paar hardloopschoenen.

Het team van superhelden probeerde niet te lachen toen hij zich een weg naast hen baande, en ze merkten dat zijn superheldennaam - SAM THE MAN - in de stof over zijn schouders was genaaid.

Kleine Dorrit dook naar beneden en gooide Brandy op haar rug. Vervolgens sprong Lachie op Baby's rug en steeg op. Hij wierp een blik op het dak. Kleine Dorrit was er niet meer. Alfred en de uil stegen van het dak. Ze landden allemaal naast E-Z en de anderen.

"Allen voor één!" zeiden ze. "En één voor allen!"

"Maar waar is mijn Sobo?" vroeg Haruto.

Sobo vloog op zijn schouder en meteen wist hij dat zij het was. Toen transformeerde ze in haar menselijke vorm.

Het team van kinderen had Sam de oom zien veranderen in Sam de man en Sobo van een uil in een grootmoeder, maar geen van hen was erdoor geschokt.

Want onder hun voeten bleef de grond DROMMEN.

En **DREMMEND.**

Maar de woorden waren veranderd.

"De Furies zijn er bijna.

De Furies zijn er bijna.

De Furies zijn er bijna."

✳✳✳

E-Z EN ZIJN TEAM keken toe hoe de reusachtige zandgolf als een oceaanstomer een haven binnenvoer. Maar dit ding scheurde door de straten, plette huizen, bomen en elk levend wezen op zijn weg plat. En het ging niet langzamer.

Er was niet genoeg tijd voor hen om op te stijgen, bovendien waren ze verbijsterd door de enorme omvang van het ding. Het kwam tot stilstand en de Furies heersten over hen, hun stemmen gierden van het lachen toen ze voor het eerst hun ogen op hun vijanden richtten.

"Zijn ze wel echt?" vroeg Tisi. "Ze zien eruit als miniatuurpoppen die wachten om op getrapt te worden."

"Ik zie dat ze een draak en een eenhoorn hebben. En een zwaan. Oh jee!" gilde Ali.

"Onthoud waarom we hier zijn," zei Meg. "Gedragen jullie je nu maar, terwijl ik naar beneden ga om met de leider te praten. Hoe heette hij ook alweer?"

"E-Zed," gilde Tisi.

"E-Zed," riep Ali.

Samen zeiden ze de naam E-ZED, E-ZED, E-ZED."

"Ze noemen je E-Z," zei Brandy terwijl ze aftrapte.

"Nee!" riep E-Z. "Wacht op mijn bevel!" Maar het was te laat, Kleine Dorrit en Brandy waren al op de vlucht, maar ze gingen niet ver en vonden een plekje op het dak.

E-Z en de rest van het team hielden stand.

"Waar wachten ze op?" vroeg Sam.

Charles zei: "Ze hopen dat hun geur het werk voor hen zal doen. Hij glimlachte en iedereen lachte. Iedereen behalve Sobo, die terug transformeerde in de staat van een uil en samen met Brandy en Little Dorrit het dak op vloog.

De Furies, die een uitstekend gehoor hadden, een plan hadden en van plan waren om dat op te volgen, vonden het niet leuk om het mikpunt van de grappen van de superheldenkinderen te zijn en gingen een voor een de lucht in. Naarmate ze dichterbij kwamen, nam de stank toe terwijl hun zwarte gewaden wapperden in de wind.

"Vangen!" riep Lachie, terwijl hij wasknijpers naar elk lid van het team gooide.

De nu niet meer zo stinkende heksen vlogen dichterbij, zodat de kinderen beneden ze beter konden zien. In levende lijve waren ze groter dan het leven, letterlijk, door de slangen die over hun lichamen gleden en glibberden. De gevorkte tongspuwende slangen werden begeleid door het geluid van krakende zwepen in een voortreffelijke vertoning van psychologische oorlogsvoering.

Volgens het oorspronkelijke plan brak Meg het ijs met de kreet: "Waar is Eriel? We weten dat je hem hebt! Geef hem aan ons, NU."

Het hoge geluid van haar krijsende stem deed de kinderen hun oren bedekken, terwijl glazen voorwerpen zoals straatlantaarns, portiekverlichting, ramen en zelfs glas in kasten mijlenver uiteen spatten.

Toen hij er zeker van was dat Meg niet meer sprak (aangezien haar mond gesloten was) antwoordde E-Z: "Hij is waar verraders worden vastgehouden. Dus nu kunnen jullie terug kruipen naar het hol waar jullie drieën uit zijn gekropen!" En toen hij uitgesproken was, steeg hij van de grond, gevolgd door Alfred, Sobo, Little Dorrit met Brandy Baby en Lachie aan boord.

"Dit is ons territorium. Dit zijn onze mensen - en jullie hebben hier niets te zoeken. Sterker nog, jullie hebben hier op aarde helemaal niets te zoeken. Dat heb je nooit gedaan. Jullie horen hier niet," zei E-Z. "En we zijn jullie manipulatie beu. Je hebt je hand overspeeld. Je hebt je macht misbruikt. Je bent verachtelijk. En we zullen ervoor zorgen dat je je verantwoordt."

"Wat gaat zo'n kleine jongen als jij met ons doen?" riep Tisi die naast Meg was komen staan, "ons overrijden?"

Haar schaterlach vulde de lucht, waardoor de grond onder de voeten van de rest van het team in spleten uiteenviel. Lia, Haruto, Charles en Sam doken samen tussen de kloven voor de veiligheid.

Meg deed mee met het naamroepen: "Misschien kietelt de zwaan ons wel dood? We kunnen hem natuurlijk plukken - en opeten als lunch!"

De niet-vliegende teamleden dromden nog meer samen. Haruto, die zichzelf had kunnen wegdraaien, was te bang om te bewegen. Hij bleef uit de buurt van de open gaten in de aarde die hen dreigden op te slokken.

"En jij kleine meid," zei Alli tegen Lia. "We hebben geprobeerd je te smelten in de zon. Die keer ben je ontsnapt. Maar wat ga je nu met ons doen? Ga je naar ons staren, met je handen en ons in standbeelden veranderen?"

De Furies' gilden weer van het lachen, terwijl de aarde onder hen samentrok, alsof het iets wilde baren.

"Nu verveel ik me," zei Meg.

De andere twee zussen waren ongewoon stil, alsof ze niet zeker wisten wat hun volgende stap zou moeten zijn.

"Meg vloog wat dichter naar E-Z toe, met haar handen op haar heupen: "We verdoen onze tijd hier! We zijn vandaag niet gekomen om tegen jullie te vechten. Niet zonder onze leider. We willen alleen weten waar hij is. Laat hem gaan. Laat hem gaan - nu. En we bewaren de strijd voor een andere dag."

"Dat zou je wel willen, hè!" riep Alfred.

Alli werd er helemaal gek van.

"Kom bij me, kleine zwaan zwaan. De ketel wacht op je - jij gevederde freak!"

"Hij is een zwaan, geen gans, idioot!" zei Brandy, terwijl ze Kleine Dorrit naar haar toe stuurde.

E-Z was blij met de afleiding, kreeg een sms'je van PJ en Arden en gaf Haruto een duim omhoog.

Haruto spinde zichzelf onzichtbaar en rende sneller dan snel naar het ziekenhuis waar hij PJ en Arden tegenkwam die al in het spel zaten te wachten. Nu maakten ze elk een kill. Toen Haruto aankwam, maakten ze nog twee kills.

De hebzucht van de Furies naar meer kinderzielen stuurde hun essenties het spel in.

"We hebben je!" riepen de drie godinnen.

"Nu!" riep PJ, terwijl Arden op SAVE to USB drukte, en toen het was opgeslagen, drukte hij op EJECT. Hij plakte de USB dicht met plakband en stopte hem in een luchtdichte zak.

"Breng dit naar E-Z!" zei Arden.

Haruto kwam aan op de grond, seinde naar zijn oma, die de USB in haar snavel greep en naar E-Z bracht.

PJ sms'te. "De essenties van de Furies zitten in de USB."

E-Z stopte de USB veilig in zijn jeanszak en de volgende keer dat hij naar The Furies keek, was het beeld in Raphaels bril veranderd. De lichamen van de drie zussen vervaagden, maar de slangen niet.

Toen realiseerde hij zich wat hun achilleshiel was. "De slangen houden hen in leven!" riep hij. "We moeten de slangen uitschakelen."

Brandy was al dichtbij genoeg om Alli te slaan. Helaas was ze ook dichtbij genoeg voor Alli's slang om haar te bijten - wat ook gebeurde. Ze zakte voorover en Kleine Dorrit nam de benen, maar het was te laat, Brandy was al dood.

"Haal haar hier weg!" riep E-Z en Kleine Dorrit steeg snikkend de lucht in.

"Het komt wel goed met haar," zei E-Z.

"Ik dacht het niet," lachte Alli. "Onze slangen komen niet van deze wereld. Als je door een van deze wordt gebeten, maakt het niet uit welke krachten je hebt, ze zullen niet werken. Maar we blijven in de buurt en wachten als je dat wilt? Als ze dan niet terugkomt, blazen we de rest van je team aan diggelen!"

"Stelletje krengen!" riep E-Z uit.

Sobo kwam in actie, viel aan en trok de slangenogen er één voor één uit en liet ze op de grond vallen. Toen ze klaar was met Alli, ging ze verder met Meg en daarna met Tisi. Toen ze klaar was met haar taak, was de grootmoeder te uitgeput om nog iets anders te doen dan naast haar kleinzoon te landen en terug te keren naar haar menselijke vorm.

"Maar Sobo," zei Haruto, "ik wil ook vechten."

"Laat hen de rest doen," zei ze. "Ik ben te moe om je te dragen."

Sobo en Haruto keken toe hoe de rest van het team de slangen afmaakte.

De Furies openden hun monden en sloten ze weer, maar er kwam geen geluid uit. Behalve dat ze stemloos waren en wegkwijnden, probeerden hun lichamen te blijven drijven terwijl het bloed in hun aderen naar beneden druppelde.

De rolstoel van E-Z bewoog onder hen door, ving de druppels op en mengde het bloed van The Furies met de andere monsters die hij had verzameld.

"Ze zijn dood," bevestigde E-Z, terwijl de lege gewaden van The Furies als zwarte geesten naar de grond zweefden.

Maar het was nog niet voorbij.

✳✳✳

ACHTER E-Z HIEF DE zandgolf haar kop op en toen ze de doorboorde ogen om zich heen zag - de ogen van al haar kinderen - kwam deze moeder van alle slangen langzaam tot leven.

Sam, die de beweging als eerste zag, riep: "Kijk uit E-Z!" en toen hij zijn geroep niet hoorde, deden Lia, Charles, Haruto en Sobo allemaal mee.

Lachie hoorde hun geschreeuw en zag de slang die zich een weg naar E-Z slingerde. Hij keek in de ogen van de slang en zei: "NEE!".

Voor een seconde of twee stopte de moederslang met bewegen en het leek alsof ze Lachie's commando hoorde en begreep, toen zag hij een flikkering in haar ogen. "Buk E-Z!" riep hij, terwijl Baby zijn bek opende en vuur in de richting van E-Z en de moederslang schoot.

E-Z's haar stond in brand en hij klopte het uit, waarna zijn stoel op de grond viel.

Baby bleef vuur spuwen naar de reusachtige moederslang tot die helemaal verbrand was. In plaats van de stank die de Furiën verspreidden, hing er nu een geur van kip, zoals je die bij een barbecue in de achtertuin aantreft.

"Uh, bedankt Baby en iedereen," zei E-Z terwijl hij met zijn vingers door het midden van zijn haar ging. Het had het borstelachtige deel eruit gehaald.

"Het groeit wel weer aan," zei Sam, toen de grond onder hun voeten weer begon te

THRUM

EN DRUM

De rolstoel van E-Z kwam uit zichzelf van de grond en begon bloeddruppels neer te laten regenen in de kraters die in de grond waren ontstaan.

"Wat gebeurt er?" vroeg Alfred.

Onder hem bleef zijn rolstoel bloeden terwijl hij van plaats naar plaats werd geslingerd. "Een druppeltje hier en een druppeltje daar," reciteerde hij in gedachten. Op de grond zei zijn team dezelfde woorden die in zijn hoofd rondgingen, "Een klein druppeltje hier en een klein druppeltje daar," dan maakten ze samen het gedicht af, "een klein druppeltje, overal," en begonnen dan opnieuw. Hij schudde zijn hoofd... lazen ze allemaal zijn gedachten?

Onder hun voeten ging de aarde verder.

DRUMMING

DREMMEN.

CONVULEREN.

CONTRACTEN.

Lia tilde zich op van de grond en spreidde haar armen zo ver mogelijk, met haar hoofd naar achteren en haar ogen gericht op de hemel. En boven haar scheurde de hemel open. Het begon te regenen, maar toen ze de stoep raakten waren de klodders rood. De lucht huilde bloederige tranen, terwijl Lia in de lucht zwaaide en kronkelde als een marionet zonder touw.

De anderen, Baby en Lachie niet meegerekend, renden de veranda op om te ontsnappen aan de bloederige regenval, niet in staat om iets te doen aan Lia die nog steeds zweefde en in trance was.

"Wij zorgen ervoor dat ze niet valt," zei E-Z, "de rest van jullie zoekt dekking."

PULSEN.

DUWEN.

Toen was er **bliksem.**

Gevolgd door **onweer.**

De aartsengel Michael brak door de barrière en vloog naar beneden tot hij vlak bij E-Z was.

"Ik begrijp dat je de situatie onder controle hebt, zei Michael.

"Ja, de essenties van de Furies zitten in deze USB."

"Gooi maar naar mij," zei Michael.

Alsof hij een honkbal naar het tweede honk gooide, vuurde E-Z de USB af in de richting van Michael, die de USB opving en in ijs veranderde. "Ik Eriel zal gezelschap hebben," zei Michael. "Ze zullen allemaal voor eeuwig in het ijs blijven. Oh, en trouwens, goed gedaan allemaal!" Toen vloog hij net zo snel weg als hij gekomen was.

"En Lia dan?" riep E-Z, maar Michael antwoordde niet.

De aarde begon te pulseren en te draaien, ook al stonden de Furies er niet meer op en stroomde het bloed niet meer uit de lucht of zijn rolstoel.

Lia zweefde nog steeds met haar ogen gericht op de hemel, die zich omkeerde van bloedige tranen naar blauw, en onder hun voeten werden de aardkraters geheeld met gras, bomen en bloemen.

Toen werd alles stil en zweefde Lia, nog steeds in trance, terug naar de grond. Proestend op de grond, met haar armen nog steeds wijd open, voelde ze het gras op haar rug en ze glimlachte van uitputting, terwijl ze in grootte kromp en terugkeerde naar haar ware leeftijd, die negen en een half jaar oud was.

"Gaat het?" vroeg E-Z, terwijl de vos, de blauwe gaai, de wasbeer, de kardinaal en het hert zich verzamelden.

Lia opende haar ogen en ze kon er weer uit zien. Ze keek naar haar handen en ze waren weer zoals vroeger.

"Het gaat wel," zei ze, terwijl Lachie haar overeind hielp.

Sam merkte meteen dat de kleren van zijn dochter haar niet meer pasten. Hij trok zijn superheldencape uit en sloeg hem om haar schouders.

"Bedankt, pap," zei Lia.

Het was de eerste keer dat ze hem zo noemde en hij had zich nog nooit zo trots gevoeld toen er een traan over zijn wang liep.

$$***$$

HET BLAUW IN DE lucht leek helderder, alsof de sterren met hun ogen knipperden ook al was het dag en het gras op de grond leek te dansen in de zonnestralen alsof het diamanten dauw bevatte.

Noch E-Z, noch een lid van zijn team kon spreken. Niemand wilde de stilte verbreken of de schoonheid waarvan ze getuige waren verstoren.

LUISTER.

FLUISTER FLUISTER.

FLUISTEREND GEFLUISTER.

De bladeren, wapperend in de wind. Ze maakten een menselijk geluid. Maar het was niet de wind, het was de stem van kinderen over de hele wereld die herboren werden.

Degenen die door de Furies waren meegenomen, duwden hun lichamen uit de grond en ontdekten dat hun stemmen waren teruggekeerd.

De kinderen leerden opnieuw lopen, rennen of kruipen en hun kreten weerklonken over de hele wereld:

"Ik wil mijn mama!" schreeuwden de herboren maar zielloze lichamen van de kinderen.

"Ik wil mijn papa!" riepen de herrezen kinderen met één stem:

"WAH, WAH, WAH!"

"WAH, WAH, WAH!"

"WAH, WAH, WAH!"

De zielloze kleintjes bewogen zich naar de randen, reisden naar plaatsen, hun bewegingen sneller dan de snelheid van het licht terwijl ze bleven jammeren:

"Ik wil mijn mama!"

"Ik wil mijn papa!"

"WAH, WAH, WAH!"

"WAH, WAH, WAH!"

"WAH, WAH, WAH!"

In Death Valley, waar de Soul Catchers werden bewaard en opgeslagen,

POP

POP

De deuren vlogen open, als armen, en de zielen gingen naar buiten, op zoek naar de lichamen waarin ze nog steeds moesten zijn en ze volgden de kreten van de kinderen.

"Ik wil mijn mama!"

"Ik wil mijn papa!"

"WAH, WAH, WAH!"

"WAH, WAH, WAH!"

"WAH, WAH, WAH!"

De zielen vlogen van kind naar kind. Op zoek naar het huis waar het thuishoorde. Het was alsof je naar kinderen keek die een tikspelletje speelden, terwijl elke ziel het lichaam waarin ze geboren was tegenkwam en binnenging. Terwijl de zielen en lichamen weer één werden.

SHHHHHHH.

Voor een moment waren de kleintjes weer blije kinderen en vulden geluiden van verrukking de lucht.

Terug in Death Valley stuurden Hadz en Reiki de dakloze zielen over de hele wereld om, die zich hadden verstopt omdat ze zelf geen Zielenvangers hadden. Eén voor één kwamen de zielen binnen en de aarde begon zichzelf te helen.

Samantha kwam het huis uit met haar baby's Jack en Jill in haar armen, terwijl ze zachtjes voor ze zong: "Stil maar, huil maar niet."

POP.

POP.

Hadz en Reiki verschenen: "Het is ons gelukt!"

E-Z en zijn team sloegen hun armen om elkaar heen. Ze huilden, ze lachten. Toen huilden ze opnieuw, voor het verlies van een van hun teamleden. Voor het verlies van één van henzelf: Brandy.

Lia's telefoon ging over. Het was een bericht van Brandy, "Ik ben aangekomen in het winkelcentrum - alweer! Ik hoop dat iedereen in orde is en dat we die heksen hebben verslagen!"

"Brandy leeft!" legde Lia uit, waarna ze terugstuurde: "Dat hebben we zeker! Ik vertel je later meer over de details."

"AHRHHRGHHH!" riep Charles Dickens. Zijn lichaam trilde en beefde. Toen het ophield was hij in trance met een uitdrukkingsloze blik op zijn gezicht en zijn uitgestrekte handpalmen naar boven gericht.

"Krijgt hij mijn handogen?" vroeg Lia.

Er viel een boek uit de lucht - het grootste boek met harde kaft dat ze ooit hadden gezien - en het landde in Charles' armen, door de kracht ervan werd hij bijna van zijn voeten geslagen. Charles hield zichzelf in evenwicht terwijl het enorme boek zichzelf opende en zijn eigen pagina's omsloeg totdat er een stem uit het boek klonk:

"Ik ben het Alternate Worlds Travelogue."

Hoewel de stem uit het boek kwam, bewogen Charles Dickens' lippen synchroon met elk woord, terwijl op de achtergrond nog steeds kindergehuil klonk:

"WAH, WAH, WAH!"

"WAH, WAH, WAH!"

"WAH, WAH, WAH!"

"Ik wil mijn mama!"

"Ik wil mijn papa!"

"WAH, WAH, WAH!"

"WAH, WAH, WAH!"

"WAH, WAH, WAH!"

"Ik heb honger!"

"Ik heb dorst!"

De kinderen die ooit het dichtst bij het huis van E-Z woonden, liepen er zij aan zij naartoe.

"Hoor mij nou!" soleerde het Alternate Worlds Travelogue.

"Dit is een eenmalig aanbod.

Als je gekozen wordt, moet je kiezen.

Eenmalig, winnen of verliezen.

Laat deze kans niet lopen.

Want het zal niet meer gebeuren, op geen enkele andere dag."

De pagina's bladerden vooruit, dan terug. Vooruit en dan terug. Het bladeren stopte bij een hoofdstuk. Een hoofdstuk met de titel Alfred. En er waren foto's, van hem, met zijn familie. Allemaal ouder. Allemaal gezond en wel. Op de foto's was hij niet langer Alfred de trompetzwaan. Hij was Alfred de vader, de echtgenoot, de man.

Met tranen in zijn ogen keek Alfred naar E-Z. De blik die ze deelden zei alles. Hij moest gaan. E-Z knikte.

Toen wendde Alfred zich tot Lia. Zij knikte ook, wetend dat hij moest gaan.

Alfred de trompetzwaan stapte in het hoofdstuk dat zijn naam draagt en veranderde weer in een man. En vanuit de pagina's van The Alternate Worlds Travelogue zwaaide hij naar zijn vrienden.

Nu werden de pagina's van het Alternate Worlds Travelogue teruggezet naar het begin van het boek. De pagina's schuifelden, steeds opnieuw, vooruit en terug, terug en vooruit en stopten uiteindelijk bij een nieuw hoofdstuk. Een hoofdstuk genoemd naar Lachie.

Op de foto was Lachie een baby. Zijn ouders brachten hem naar huis vanuit het ziekenhuis. De baby op de foto droeg een ziekenhuisarmbandje waarop te zien was dat Lachie's echte naam Andrew was.

"Nee, dank je," zei Lachie. "Baby en ik gaan binnenkort naar huis."

Het Alternate Worlds Travelogue sloeg dicht met zo'n kracht dat Charles bijna omviel. Hij herstelde zich en even later bladerde het boek weer verder. Achteruit, vooruit. De pagina's werden geschud als een spel kaarten tot het bij het hoofdstuk Haruto belandde. Op de foto stond hij met zijn vader en moeder.

"Nee, dank je," zei Haruto meteen. Hij nam Sobo's hand en zei tegen Lachie: "Vind je het erg om ons in Japan af te zetten op weg naar huis?"

Lachie knikte, "Blij met het gezelschap."

Vlammen schoten deze keer uit het boek voordat het dichtviel, en Charles liet het bijna vallen.

De onbeantwoorde kreten van de kinderen bleven aanhouden en werden luider naarmate ze het huis van E-Z naderden:

"Ik wil mijn mama!"

"Ik wil mijn papa!"

"Ik heb honger!"

"Ik heb dorst!"

"**WAH, WAH, WAH**!"

"**WAH, WAH, WAH**!"

"**WAH, WAH, WAH**!"

Charles sloot zijn ogen.

"Is dat het? vroeg E-Z.

"En wij dan?" vroeg Lia.

Charles' armen begonnen te trillen. Alsof het gewicht van het boek op zijn armen drukte. Toen sloeg het boek dicht, met zo'n intensiteit dat hij naar voren struikelde en ging zitten. Hij sloeg zijn ene been over zijn andere en wiegde het boek tegen zijn borst.

Hij vloog weer open, net als Charles ogen, en opnieuw bewogen de bladzijden als zeegras op de oceaanbodem. Het sloeg weer dicht. Toen klapte het op zijn rug. In het midden van het boek verscheen een kader. Eerst was het leeg, alsof het op iets wachtte. Toen flikkerde het en begon er een film.

Er was al een honkbalwedstrijd begonnen in het Dodger Stadium. De Dodgers speelden tegen de Brewers. En E-Z Dickens was de catcher. Hij stond achter de plaat en speelde als een prof. Op de tribune zaten zijn ouders, net boven de dug-out, hem toe te juichen.

AARDEPAUZE.

Voor een paar seconden werd het zonlicht geblokkeerd toen Ophaniel de lucht in schoot en zich een weg naar hen toe baande.

"E-Z, ik wilde je alleen maar zeggen, voordat je een beslissing neemt, dat wat je ook besluit te doen, of niet te doen, gevolgen zal hebben voor anderen."

"Zoals wat?" vroeg hij, zijn blik niet afwendend van de ingelijste versie van hemzelf en zijn ouders, ook al bewogen ze er niet meer in.

"Denk aan het ongeluk... wat zou er niet gebeurd zijn, in de wereld, als je ouders nooit gestorven waren? Als je nooit het gebruik van je benen had verloren?"

Hij wierp een blik in de richting van zijn oom Sam, toen naar Samantha, Lia en de tweeling. Zonder het ongeluk zou geen van hen elkaar hebben ontmoet. De tweeling zou nooit geboren zijn.

"Als ik besluit om mijn droom waar te maken, wat gebeurt er dan hier?"

"Het is een risico dat je zou moeten nemen en een antwoord dat ik je niet kan geven. Maar dit weet ik wel, jij bent de katalysator en de lijm."

"Oké, bedankt dat je het me hebt laten weten."

AARDE RESUME

Ophaniel vertrok.

"Uh, nee dank je," zei E-Z.

Hij keek toe hoe hij en zijn ouders vervaagden. Het scherm werd leeg. Het kader verdween en het boek begon omhoog te komen. Omhoog, omhoog, uit Charles' armen.

Charles stond alsof hij het nog steeds vasthield. Voor zich uit starend naar niets.

Toen het ver boven hen was, barstte het boek in vlammen uit. Het siste en stonk voordat de resten klein genoeg waren om door de wind te worden opgetild. En het Alternate Worlds Travelogue was niet meer.

Charles kwam weer tot zichzelf toen de kinderen massaal in de straat van E-Z aankwamen.

"Ik wil mijn mama!"

"Ik wil mijn papa!"

"Ik heb honger!"

"Ik heb dorst!"

"**WAH, WAH, WAH**!"

"**WAH, WAH, WAH**!"

"**WAH, WAH, WAH**!"

"Mag ik ze een verhaal vertellen?" vroeg Charles.

"Het kan geen kwaad," zei Lia.

Charles begon het verhaal van De Drie Keien te vertellen. De kinderen bewogen niet meer, stopten met schreeuwen en hingen aan zijn lippen - tot hij abrupt stopte.

"Oh, verdorie!" riep hij, terwijl hij merkte dat elk stukje van hem aan het vervagen was, alsof de aarde moeite had om zijn signaal door te geven.

"Wacht!" zei E-Z. "Heb je advies voor een collega-schrijver?"

"Er zijn boeken waarvan de ruggen en kaften de beste delen zijn - laat de jouwe daar niet één van zijn. Ik zal jullie allemaal missen!"

Sommigen zeggen dat op dat exacte moment een lichtstraal naar beneden kwam, hem van de grond tilde en Charles Dickens de lucht in droeg. Sommigen zeggen dat hij op de kleine Dorrit wegreed en dat ze nooit meer werden gezien. Ze wisten alleen zeker dat Charles Dickens hen die dag verliet en nooit meer werd gezien.

"WAH, WAH, WAH!"

"WAH, WAH, WAH!"

"WAH, WAH, WAH!"

FIZZLE POP

Er kwam een Soul Catcher aan. Hij gooide zijn deur open en schoot rotjes de lucht in.

Sommige baby's schrokken van het lawaai en anderen vonden het prachtig, maar in alle gevallen stopten ze met huilen.

Terwijl het kleuren de lucht in schoot, smolten ze samen om het volgende te zeggen:

KOM TEVOORSCHIJN KOM TEVOORSCHIJN WAAR JE OOK BENT!

"Wat wil het?" vroeg E-Z. "Of moet ik zeggen, WIE wil het?"

"Ligt het aan mij?" vroeg Sobo.

"Nee, het is voor mij," zei een stem achter hen. Het was de stem van Rosalie.

Ze draaiden zich allemaal naar iets toe, verwachtten een geest of een spook te zien, maar wat ze zagen was geen van beide. Het was Rosalies essentie... meer wisten ze niet.

"Dag lieve Rosalie!" riep Sobo.

Het was nogal een afscheid voor de essentie van Rosalie, met E-Z en zijn team die voor haar schreeuwden, zwaaiden, kusjes gooiden en juichten. Het was een ware viering van alles wat ze voor hen had betekend, toen hun dierbare vrienden in haar Zielenvanger stapten en die wegvloog.

Nu Charles weg was, hervatten de kinderen hun geschreeuw,

"**WAH, WAH, WAH**!"

"**WAH, WAH, WAH**!"

"**WAH, WAH, WAH**!"

Op de achtergrond klonk een nieuw geluid. Het geluid van voeten, veel voeten, die renden - snel.

Terwijl ze de straat van E-Z binnenstroomden, werden de mama's en papa's en de kinderen herenigd met hun geliefden, en deze hereniging vond plaats over de hele aarde.

"Bravo!" zei E-Z tegen zijn team.

Ze zwaaiden gedag terwijl Lachie, Baby, Haruto en Sobo wegvlogen.

Nu waren alleen E-Z en Lia nog over.

ZAP!

Eerst kwam Poppet aan.

BONJOUR!

Gevolgd door Francois.

"Ah, we zijn te laat," zei hij. "We hebben alles gemist!"

Vanuit het huis klonken de kreten van Samantha. "Oh nee, er gebeurt iets met de baby's!"

Iedereen rende naar binnen naar de babykamer. Jack en Jill sliepen als een roos.

Sam sloeg zijn arm om zijn vrouw heen. "Ze zien er goed uit," fluisterde hij.

"Maar ze zijn niet in orde!" zei Samantha.

"Het komt wel goed," zei Sam.

"Ze zien er voor mij ook goed uit," zei E-Z.

"Wacht maar," zei Samantha. "Wacht gewoon en je zult het zien. Ik zou het niet hebben uitgeschreeuwd, tenzij..." ze wankelde en wankelde alsof ze zou kunnen vallen.

Iedereen keek en wachtte. Tien, vijftien, twintig of zelfs dertig minuten lang gebeurde er niets.

Toen gebeurde er plotseling iets.

Een geel licht en een groen licht kwamen uit de kleine lichamen van Jack en Jill.

"Hadz? Reiki?" riep E-Z uit.

POP.

POP.

Jack en Jill gingen rechtop zitten, zoals oudere baby's dat zouden kunnen. Wat Jack en Jill nog niet konden.

Samantha viel flauw, terwijl Sam haar opving.

"Wat zijn jullie in hemelsnaam aan het doen?" E-Z eiste. "Maak dat je wegkomt - nu!"

Hadz zei: "Als beloning vroegen we om mens te mogen zijn."

"Reiki zei: "En we hadden lichamen nodig."

"Oh broer," zei E-Z toen er op de voordeur werd geklopt.

"Iemand thuis?" vroegen PJ en Arden.

EPILOOG

E-Z TYPTE DE WOORDEN in: **HET EINDE**. Tevreden met zijn voltooiing van een serie van vier boeken, sloot hij zijn laptop.

"Schiet op E-Z!" riep een man achter hem.

E-Z trok zijn vangersmasker af en keek rond. Hij stond achter de plaat, te vangen voor de Los Angeles Dodgers. De ump was de plaat aan het afborstelen. Hij stond op en liep naar de dug-out omdat hij de laatste speler van het veld was.

Hij herkende een paar van de spelers, toen hij langs de dug-out liep en hen op de voet volgde.

Hij ging met zijn vingers door zijn haar, dat helemaal blond was. Het was korter en dichter geknipt dan hij ooit had gehad. En hij was langer, zeker langer dan 1.80 meter.

Wat was er in hemelsnaam aan de hand? Sliep hij? Hij kneep in zichzelf. Het deed pijn.

"Jij bent aan slag, E-Z!" riep de slagcoach.

Hij vond een beeldscherm en bekeek zijn spiegelbeeld. Hij keek naar zichzelf, alsof hij een vreemde was.

"Aarde aan E-Z," zei zijn coach.

"Sorry, Coach," zei E-Z terwijl hij zich een weg baande naar de hangar van de dug-out. Zijn knuppel was gelabeld, net als de rest van zijn uitrusting. Hij trok het aan en stapte de cirkel op.

Hij paste zijn elleboogbeschermers aan en maakte zich klaar voor de eerste worp. Samen met zijn teamgenoot op de plaat nam hij een paar oefenslagen. Terwijl hij wachtte, viel zijn oog op beweging op de tribune achter de dug-out. Zijn moeder en vader.

"Ga, pak ze zoon!" schreeuwde zijn vader.

Hij gaf zijn ouders de duim omhoog en keek toen toe hoe zijn teamgenoot een honkslag sloeg en veilig het eerste honk bereikte.

E-Z stapte in de slagzone, riep de tijd af, stapte weer naar buiten en haalde een paar keer diep adem.

Verman jezelf, zei hij tegen zichzelf. *Ik wil het team niet teleurstellen. Concentreer je. Concentreer je.*

Hij stak zijn arm op om de scheidsrechter te laten weten dat hij klaar was en ging toen terug naar de plaat.

"Kom op E-Z!" riep zijn moeder.

Hij concentreerde zich en keek toe hoe de eerste worp voorbij ging. Waarschijnlijk meer dan honderd mijl per uur. Hij bereidde zich voor op de tweede worp.

Hij zwaaide en miste. Zijn teamgenoot stal een honk en belandde veilig op het tweede honk.

Dit is te veel. Ik ben er niet klaar voor. Ik moet wakker worden. Ik moet wakker worden - NU.

De tweede worp vloog voorbij. Hij zwaaide maar raakte niet. De derde worp kwam en hij raakte hem. Hij keek toe hoe zijn teamgenoot naar het derde honk probeerde te komen, maar werd uitgegooid. Hij haalde bijna op tijd het eerste honk, maar het andere team verdiende een dubbelspel. Met twee uit ging hij terug naar de dug-out om zijn vangspullen aan te trekken.

"De volgende keer krijg je ze!" zei zijn vader.

Ook al haalde hij het honk niet, hij was in zijn droom. Zijn droom aan het waarmaken. Maar hoe? Hij had het aanbod van het Alternate Worlds Travelogue geweigerd.

Haal me hieruit! Ik wil het niet op deze manier! Waar is oom Sam? Waar is Lia? Waar is de tweeling?

Zijn hoofd was gevuld met gelach terwijl hij op de grond viel en bleef vallen. Tot hij met een dreun op een houten vloer landde, in een hut of een krot. Binnen een paar seconden na zijn landing barstte het in vlammen uit.

Aan de andere kant van de kamer zat een klein meisje. Eerst dacht hij dat het Lia was, maar dit meisje had rood haar. Hij probeerde haar wakker te maken, maar ze gaf geen krimp.

Achter hem werd de voordeur uit zijn scharnieren gegooid. Een donkere, gehulde figuur kwam binnen, samen met een kortere figuur met capuchon. Met zijn tweeën droegen ze het meisje naar buiten.

"Help me!" riep hij.

"Help jezelf!" zei een vrouwenstem, de grootste van de twee figuren, terwijl de muren om hem heen begonnen in te storten.

Hij was terug in het stadion, op zijn rug op de grond en keek omhoog in de ogen van zijn ouders.

"Het komt wel goed," koerden ze.

Erkenningen

BESTE LEZERS!

Nou, we zijn aan het einde gekomen van de E-Z Dickens Serie. Ik hoop dat jullie het net zo leuk vonden om te lezen als ik het vond om te schrijven.

Omdat jullie me gedurende deze hele serie gesteund hebben, is mijn laatste dank aan jullie, mijn lezers. Jullie zijn geweldig!

Zoals altijd, veel leesplezier!

Cathy

Over de auteur

Cathy woont en schrijft in Ontario, Canada, met haar
man, zoon, hun twee katten en een hond.
Als je Cathy wilt e-mailen, kun je haar hier bereiken:
cathy@cathymcgough.com.
Cathy hoort graag van haar lezers.

Ook door:

YA
A Mathematical State of Grace Complete serie
NON-FICTION
103 Ideeën voor fondsenwerving voor
oudervrijwilligers bij Scholen en Teams (3RD PLACE
BEST REFERENCE 2016 METAMORPH PUBLISHING)